함께
걷는
소설

함께
걷는
소설

창비

따뜻함으로 가득 찬 관계를 꿈꾸며

우리는 한평생 자신의 얼굴을 바로 볼 수 없습니다. 그래서 거울을 빌려 나의 생김생김을 확인할 수밖에 없지요. 그렇다면 피부와 단단한 뼈와 수만 갈래의 혈관을 지나 저 깊이 웅크리고 있는 '마음'이라는 것은 어디에 비추어야 그 생김을 알 수 있을까요?

다행히 우리는 살면서 어딘지 모르게 내 마음과 닮은 구석이 있는 사람들을 종종 만나게 됩니다. 그들과 친구가 되어 기뻐하고 때로는 눈물지으며 한 시절을 뚜벅뚜벅 함께 걸어 나가지요. 그 길에서 언제 그랬냐는 듯 질투와 미움에 사로잡히기도 하고, 으르렁거리며 다툴 수도 있습니다. 이유를 설명할 수 없이 서먹해지는 관계도 있고, 영혼의 단짝이라고 할 만큼 깊이 연결되는 관계도 있습니다. 열차에 수시로 오르고 내리는 사람들처럼 여러 모양의 우정이 나의 삶에 다녀갑니다. 그것은 때로 힘들고, 거추장스럽고, 아파서 도망가고 싶기도 한 일이지만 그 과정을 거쳐 내 마음의 거울 하나가 완성됩니다. 내 마음 어디에 상흔이 있고, 어디가 가장 빛나는지 확인할 수 있는 거울이요.

여기 담긴 일곱 편의 소설이 바로 그런 거울입니다. 오랜 시간 정성으로 고르고 마음으로 엮은 이야기들은 마음의 위안이 되기도 하고, 바쁜 일상 속에서 웃음을 주는 쉼터가 되기도 할 것입니다. 성장과 이별 사이에서 겪은 따뜻한 우정과 유대감, 아름답고 환상적인 이야기 속에서 펼쳐지는 소통과 공감, 오래된 추억 속에 남겨진 쓸쓸한 기억부터 서로를 다독이고 미래를 꿈꾸게 만드는 새로운 관계의 시작을 통해 우리는 내 마음의 한 조각을 만나게 될 것입니다.

삶의 목표가 '자기 자신으로 사는 일'에 있다면 내가 어떤 사람인지 알게 해 주는 우정을 잘 가꾸어 가는 일은 삶에서 꽤 중요한 일입니다. 여기에 담긴 이야기들을 통해 벗과 함께하는 일의 소중함을 느낄 수 있었으면 합니다. 때로 상처받을 수도 있겠지만 눈물의 강에 휩쓸리지 않고 빛나는 돌멩이 몇 개를 건져 올릴 수 있음도 알게 되길 바랍니다.

어느 소설가는 '나와 관심사 사이의 상관관계'로 나 자신을 설명할 수 있다고 말합니다. 내가 좋아하는 것들을 파고드는 것이 나 자신에 대해 서술하는 것과 다르지 않기 때문입니다. 우리의 수많은 관심사 중 하나가 친구라면 그는 이미 당신과 닮아 있을 것입니다. 이름을 불러 주고 '단 하나의 눈짓'이 되어 준 소중한 친구들과의 인연을 이어 나가고, 새로운 우정을 알아볼 줄 아는 마음이 여러분에게 자라난다면 참 좋겠습니다. 이 책 속 다양한 만남들이 진정한 우정을 소망하는 독자에게 하나의 대안으로 존재할 수 있기를 바랍니다.

2023년 4월
함께 걷는 엮은이들의 마음을 모아

차례

백수린

2011년 『경향신문』 신춘문예에 단편 소설 「거짓말 연습」이 당선되며
작품 활동을 시작했다. 소설집 『폴링 인 폴』, 『참담한 빛』, 『여름의 빌라』,
중편 소설 『친애하고, 친애하는』, 짧은 소설 『오늘 밤은 사라지지 말아요』
등을 썼다. 한국일보문학상, 젊은작가상, 문지문학상, 이해조소설문학상,
현대문학상, 이상문학상, 이효석문학상, 김승옥문학상을 수상했다.

_01_

고요한
사건

죽은 고양이를 처음 본 것은 내가 열여덟 살에서 열아홉 살로 넘어가던 겨울이었다. 눈 소식이 유난히 없었던 그해 겨울. 잣눈. 싸라기눈. 포슬눈. 국어사전에서 눈[2]을 가리키는 서로 다른 이름들을 발견할 때마다 나는 눈이 오길 기다리는 마음으로 노트에 베껴 적으며 지루한 겨울을 나고 있었다. 우리 가족이 서울에 정착해 살기 시작한 지 삼 년 가까이 되어 가던 시점이었다. 어쩌다 눈이 오면 하얗게 지붕을 갈던 낡은 집들과 골목 어귀에 죽어 있던 그 고양이는 더 이상 이 세상 어디에도 남아 있지 않다. 그렇지만 그 것들은 분명히 존재했다. 행정 구역상 정식 명칭은 따로 있었지만 우리가 서울에 처음 올라와 살았던 동네를 그곳 주민들은 소금 고개라고 불렀다. 옛날에 소금 장수들이 고개 아래 나루터에서부터 소금을 지고 넘어 다녀서 소금 고개라고 불렸다는 말도 있었지만 가파른 고개를 넘다 보면 땀이 비 오듯 쏟아져 옷자락에 소금이 생길 지경이라 그렇다는 말을 동네 아이들은 더 믿었다. 동네 아이들이 더 믿었다고, 나는 지금 쓰고 있지만, 사실 동네 아이들이 더 믿었는지 아닌지 나로서 알 길은 없다. 나에게 그 동네의 친구라고는 해지와 무호가 거의 전부였는데, 그들이 내게 그렇게 말했기 때문에 그런가 보다 지금까지 믿고 있을 뿐이다.

소금 고개에서 살던 시절에 대해서라면 사실 해지와 무호를 빼놓고는 이야기할 수가 없다. 그들은 갑자기 이사 간 나와 달리 아주 어렸을 때부터 그 동네에서 줄곧 자랐다. 같은 골목을 기저귀 차림으로 뛰어다녔고, 같은 초등학교를 졸업했다. 성별이 달라 중학교를 따로 다니긴 했지만, 그들 사이에는 소꿉친구들만 공유하는 친밀감이 있었는데, 그것은 시간이 만드는 대부분의 것이 그러하듯 공고해서 내가 끼어들 여지가 없었고, 그래서 가끔 나는 그들과 함께 있을 때 외로웠다. 그렇다고 해서 그들이 나를 소외했다거나 내게 거리를 두었다는 의미는 결코 아니다. 오히려 그 반대였다. 그들은 새로운 생활에 적응하지 못하던 나를 적극적으로 맞이해 준 소수의 사람들에 속했다. 나는 중학교 시절의 마지막 한 해를 해지와 함께 등하교하면서 보냈다. 해지 어머니는 처음엔 내게 별로 관심이 없었지만 내가 전학 간 그 학기에 치른 중간고사에서 전교 3등을 하자 우호적으로 태도를 바꾸었다. 돌이켜 보면 그 동네 사람들 대부분이 우리 가족을 그런 식으로 대했던 것 같다. 처음에는 외지에서 왔기 때문에 우리를 경계하던 사람들의 태도가 차츰 우리 가족에 대해 알아 갈수록 우호적으로, 그렇지만 조금은 거리를 둔 예의 바름으로 바뀌어 갔다.

"그건 너희 가족이 좀 있어 보여서 그래."

해지는 언젠가 그렇게 말했다. '있어 보인다'는 말이 무얼 가리키는지 정확히 몰랐지만 어렴풋이는 그 뜻을 짐작할 수 있었다. 우리 부모님은 아침마다 동네 골목을 마당비로 쓰는 유일한 사람들이었고, 꼼꼼히 분리수거를 했으며, 주말에는 고향에서부터 가져온 낡은 전축으로 팝송을 들었다. 그 동네에서 아버지는 정장 차림으로 출근하는 유일한 사람이었고, 그 동네의 아주머니들 중 고등학교를 졸업한 사람은 어머니밖에 없었다. 어머니는 가파른 비탈길을 오르내리며 시장에 다녀올 때마다 기미가 생길까 봐 양산을 단정하게 받쳐 들었다. 어머니가 가진 양산은 총 세 개였는데, 그것은 많은 개수가 아니었지만 적지도 않은 개수였다. 어머니는 그날의 옷차림에 따라서, 기분에 따라서, 하늘의 빛깔에 따라서 양산을 골라 들고 다녔다. 그 동네에 그러는 여자는 우리 어머니밖에 없었다. 그러니까 동네 사람들이 우리를 이질적이라고 느낀 것은 어찌 보면 당연한 일이었다. 내색은 않았지만 우리 가족 역시 우리가 동네와 어울리지 않는다는 사실을 누구보다 더 잘 알고 있었다.

그러니까 소금 고개는 내가 그때까지 살아왔던 곳과는 완전히 달랐다. 이사하던 날, 아버지가 운전하는 차의 뒷좌석에 앉아 꾸벅꾸벅 졸다가 눈을 떴을 때 우리의 구형 엘란트라는 굽이굽이 이어진 좁다란 비탈길을 힘겹게 올라가고 있었다. 차창 너머로 단층의 낡고 허름한 집들이 줄지어 있는 풍경이 보였다. "엄마, 여기가 서울이야?" 내가 상상했던 서울의 모습과 달라도 너무 달랐으므로 나는 놀라서 눈을 크게 뜨고 물었다. 차는 한참을 더 올라간 끝에 멈춰 섰다. 어머니가 앞장서서 문을 열고 들어갔기에 나는 골목 안쪽, 청록색 대문의 집이 우리가 앞으로 살게 될 곳이라는 사실을 받아들여야만 했다. 때는 봄기운이 돌기 시작하는 3월 중순이었고, 유난히 맑은 날이었다. 눈부신 햇살 속에서 칠이 벗어진 담벼락과 동그란 엉덩이를 내놓고 아무 데나 주저앉는 아이들의 오줌 자국이 길바닥 여기저기에 말라 가던 골목은 서글프리만큼 초라했다. 나는 안에 든 것이 깨질까 봐 이삿짐 트럭에 싣는 대신 서울까지 직접 들고 온 종이 상자를 끌어안은 채 부모님을 따라 조심조심 대문 안으로 들어섰다. 기분 탓인지 집 안에 들어서자 하수구 냄새가 훅 끼쳤다. 어디선가 고양이 울음소리가 들려왔다. 이윽고 우리를 뒤따라 용달차가 집 앞에 도착하고 인부들이 우리의 세간을 좁고 허름한 집 안에 조금씩 들여놓았는데도, 나는 내가 앞으로 살아가야 할 곳이 이 집이라는 사실을 받아들일 수가 없었다. 집은 전에 살던 곳보다 턱없이 작은 크기의 단독 주택으로, 두개의 방과 하나의 거실로 구성되어 있었는데 거실 벽을 이루는 네면의 너비가 균일하지 않아 바닥은 사다리꼴 형태를 하고 있었다. 그나마 상당 부분은 안방에 들어갈 공간이 없어 거실에 덩그마니 놓은 어머니의 오동나무 장으로 가려졌다. 소파는 들어갈 자리가 없어 결국 버리기로 했다. 누렇게 변색된 화장실 세면대, 물때가 낀 바닥 타일을 보는 순간 나는 고향에 두고 온 우리의 집이 그리워져 눈물이 날 것 같았다.

"재개발 때문이다."

그날 밤, 이삿짐을 대충 부려 놓아 아직 어수선하던 안방에 들어가 정말 납득할 수 없다는 얼굴로, 우리가 왜 이런 집에서 살아야 하느냐고 묻는 나를 옥상으로 데리고 올라간 아버지는 그렇게 설명했다.

"저기에 뭐가 보이냐?"

아버지가 손끝으로 서쪽 언덕 위를 가리켰다.

"아파트요."

나는 고향에 두고 온, 우리가 살던 아파트를 떠올리면서 퉁명스러운 말투로 답했다.

"그렇지. 저게 다 아파트다. 우리가 살던 아파트보다 몇 배나 비싼 아파트야. 이 동네에도 저런 아파트가 머지않아 들어설 거다."

그러니까 아버지는 그날 밤, 그 일대가 모두 소금 고개와 같은 무허가 주택 밀집 지구였는데 몇 년 사이 재개발 사업이 추진되면서 아파트 단지가 조성되었고, 소금 고개가 그 지역에 남아 있는 유일한 달동네라는 이야기를 내게 전했다. 서울의 아파트는 너무 비싸서 어차피 네가 가진 돈으로는 전세밖에 구할 수 없을 거다, 그럴 바에는 재개발을 기다리는 것이 낫지 않겠느냐,는 친구 조씨 아저씨의 말이 아버지의 귀에 일리 있게 들렸다. 그래서 부모님은 부동산에 밝은 조씨 아저씨의 조언에 따라 서울로 이사를 오면서 허물어져 가는 동네의 허물어져 가는 집을 한 채 산 거였다.

"길어야 일 년 아니면 이 년일 거다."

아버지는 그렇게 말했다.

"그때까지, 불편하겠지만 온 가족이 힘을 합쳐 잘 살아 보자."

언덕 저쪽을 빽빽이 메우고 있는 고층 아파트의 가지런한 창들마다 불빛이 투명하게 빛났다. 언젠가 나도 본 적 있는 조씨 아저씨는 이런 집들을 매입해 그즈음 서울에 아파트를 세 채나 가진 부자가 되어 있었다. 아버지는 대수롭지 않다는 듯 일 년, 혹은 이 년이라고 말했지만 나는 자신이 없었다. 그렇지만 아버지는 언제나 옳았으니까. 나는 속으로 생각했다. 아버지를 따라 터덜터덜 옥상에서 내려오는 길, 계단을 밝히기 위해 전 주인이 달아 놓은 백열전구에 하루살이들이 덧없이 부딪치고, 부딪쳤다가, 떨어졌다.

"어쨌거나 너는 공부만 지금처럼 열심히 해라. 나머지는 아빠엄마가 다 알아서 할게. 서울에 온 것도 다 널 위해서잖냐."

아버지는 방으로 들어가려는 내 등에 대고 당부하기를 잊지 않았다. 방으로 들어가 고향에서 쓰던 이불의 익숙한 냄새를 맡으며 잠을 청했지만 잠은 쉽게 오지 않았다. 아버지와 어머니가 그날 늦게까지 집 안 곳곳을 정리하며 만들어 내는 작은 소음을 나는 이불 속에서 들었다.

내가 전학을 간 학교는 우리 동네와 아파트 단지의 중간쯤에 위치해 있었다. 그렇기 때문에 학교를 이루는 구성원도 절반가량의 우리 동네 아이들과 절반가량의 아파트에 사는 아이들로 나뉘어 있었다. 부모님은 새 학교로 등교하기 전에 몇 차례나 내게 이왕이면 아파트에 사는 아이들과 친하게 지내라고 당부했다. 그러나 그런 당부를 할 수 있었던 것은 부모님이 한 번도 전학을 해 본 적이 없기 때문임을 나는 이내 알게 되었다. 전학생에게는 친구를 선택할 권리가 전혀 없다는 것을 부모님은 미처 알지 못했다. 전학생으로 처음 교탁 앞에 서는 순간, 내게 쏟아지던 여든 개의 눈동자. 가늠하고 평가하여 어느 부류로 분류해야 하는지 판단하기위해 재빨리 나를 훑던 눈길을 나는 오랜 세월이 지난 지금까지도 기억하고 있다. 새 학교에서의 첫날, 나는 교실 바닥에 침을 뱉는 절반의 아이들에게 위화감을 느끼는 다른 절반의 아이들과 나 자신이 가깝다고 생각했다. 하지만 같은 로고의 백팩을 메고 다니며 공부에 목숨을 거는 것은 시시한 일이라는 듯 수업 시간에는 엎드려 자지만 각자 집으로 돌아가서는 과외 수업을 받던 그 아이들은 내가 자신들과 다르다는 것을 쉽게 간파했다. 반 아이들은 언뜻 평화롭게 공존하는 듯 보였지만, 물리적 성질이 달라 합류 지점을 지난 뒤에도 각자의 흰빛과 검은빛을 유지하며 나란히 흐른다는 남아메리카의 두 강줄기처럼, 서로 섞이는 법이 없었다. 그나마 내겐 공부를 잘하는 재능이 있었고, 그것이 전학 간 뒤 처음 본 중간고사에서 증명되었기 때문에 나는 아파트에 사는 아이들과 어울릴 수 있었다. 그렇지만 나는 그들이 삼삼오오 모여 하는 그룹

과외에 속할 수 없었고, 무엇보다 그들과 나는 집으로 돌아가는 방향이 달랐다.

만약 전학 간 학교에 해지가 없었다면, 나의 새로운 삶은 더욱 더 암울했을 것이다. 그러나 외지에서 온 나를 경계하는 눈빛으로만 바라보던 아이들 틈에 해지가 있었고, 덕분에 나는 조금씩 새로운 환경에 적응해 갈 수 있었다. 내가 해지와 친하게 된 것은 어쩌면, 이쪽과 저쪽, 어느 쪽에도 끼지 못한 채 어정쩡하게 있던 나를 배척하지 않은 유일한 아이가 해지였기 때문이다. 해지는 학교에 있을 때 그렇게 눈에 띄는 아이가 아니었고 오히려 조용한 편이었지만, 학교만 벗어나면 말수가 늘고 활달해졌다. 서울의 지리를 하나도 모르던 나를 인근 대학 앞의 패스트푸드점이나 영화관 같은 곳에 데리고 간 것도 해지였다. 우리 학교에 붙어 있는 남자 중학교에 다니던 무호가 우리와 함께하는 날도 많았다. 처음 봤을 때 무호는 키가 겨우 나만 했고 마른 체구에 귀여운 얼굴이어서 또래의 남자라기보다는 남동생 같은 느낌이었다. 게다가 세 명이나 되는 누나들의 생리대 심부름을 하며 자란 탓인지 무호는 여자아이들과 어울리는 것에 거리낌이 없었다. 무호는 동네의 다른 남자아이들과 달리 나에게 짓궂은 농담을 하지도 않았고 무엇보다 내 앞에서 욕을 하지 않았다. 우리는 점점 더 자주 어울렸다. 해지나 무호와 달리 나는 학교 앞 보습 학원에 다녔기 때문에 그들이 놀고 있을 때 뒤늦게 내가 합류하는 식이긴 했지만.

해지와 둘이 혹은 무호까지 셋이서 저녁 늦게까지 놀다가 해가 뉘엿뉘엿 질 무렵, 집으로 돌아가기 위해 가파른 비탈을 올라 쇠락한 골목으로 접어들면 우리는 어딘가 숨어 있던 길고양이들과 어김없이 마주쳤다. 그곳엔 정말 수도 없이 많은 길고양이들이 살았다. 주차되어 있는 차 아래에 자리 잡고 누워 있거나 무단 투기 된 검은 봉투 주위를 기웃거리다가 사람들이 지나가면 소스라치게 놀라 어디론가 사라져 버리던 길고양이들.

아마 해지와 친해진 지 얼마 되지 않아, 함께 집으로 돌아가던 어느 저녁의 일이었을 거다. 해지에게 그즈음 내가 보았던 기괴한 풍경에 대해 이야기한 것은. 그것은 동네 어귀의 공터에서 한 아저씨가 수많은 고양이들에게 둘러싸여 있던 장면에 대한 이야기였다. 그 아저씨는 왜소했고 수염을 제대로 깎지 않은 탓인지 인상이 퍽 무서웠는데, 우리 아버지보다 나이가 많은 것처럼 보였지만 실제 나이가 어떻게 되는지는 알 수 없었다. 해지는 내 이야기 속에 등장하는 인물이 누구인지 잘 알고 있었다. 그 아저씨는 무호의 집이 있는 골목에 사는 사람으로 오래전 큰 사고로 가족을 모두 잃은 후 동네의 고양이들을 찾아다니며 먹이를 주기 시작했다고 했다. 그 동네에 사는 동안 나는 그 후로도 종종 고양이 아저씨—우리는 그를 줄곧 고양이 아저씨라고 불렀다—를 맞닥뜨렸다. 나는 다섯 마리, 여섯 마리, 열 마리의 더러운 고양이들이 특유의 냄새를 풍기며 한데 모여 있는 풍경과 술에라도 취한 것처럼 항상 눈에 핏발이 서 있던 아저씨가 무서웠다. 그렇지만 해지는 전혀 두렵지 않은지 나와 같이 있다가도 고양이 아저씨를 만나면 동네의 여느 아이들처럼 그에게 다가갔다. 심부름으로 아저씨에게 전이나 밑반찬을 가져다드리기 위해서일 때도 있었지만, 대부분 노란색 줄무늬 고양이나 배와 입 주위가 하얗고 등이 검은 고양이를 쓰다듬으며 고양이들이 아저씨가 덜어 주는 사료를 먹는 모습을 쭈그리고 앉아 구경했다. 아무런 말도 없이. 나는 그들 곁에 다가가지 못하고 해지나 아저씨의 다리에 털을 묻히며 느릿느릿 지나다니는 고양이들을 멀찍이 서서 지켜봤다. 사료를 다 먹은 고양이들이 흩어지면 해지도 내 곁으로 다시 돌아왔다. 아저씨도 늘 그래 왔던 듯이 그냥 그렇게 빈 사료 주머니를 들고 어두운 골목 안으로 사라졌고.

소금 고개에서의 생활은 차츰 적응이 되어 갔지만, 고양이 아저씨의 존재처럼 끝내 적응할 수 없는 것도 있었다. 수시로 들려오는 발정 난 고양이들의 울음소리가 그랬고, 얇은 벽을 타고 넘어오는 이웃 노인의 가래 뱉는 소리나 커다랗게 틀어 놓은 텔레비전 소리가 그랬다. 도대체 나한테 어떻게 이럴 수가 있어요, 어떻게? 하고 소리 지르곤 하던 드라마의 주인공들. 그 시절의 드라마에서는 가난한 남자가 고시에 합격한 뒤 부잣집 여자를 만나기 위해 옛 애인을 버리는 일이 정말이지 빈번했다. 어머니와 아버지는 내가 해지와 어울리는 것을 탐탁지 않아 했지만 상위권 성적을 변함없이 유지했으므로 대놓고 나에게 뭐라고 하지는 않았다. 부모님은 나를 좋은 사립 고등학교에 보내기 위해서 서울에 올라왔다는 말을 수시로 했다. 넌 장차 훌륭한 사람이 되어야지. 그런 말들은 끈끈

하게 내 발바닥에 들러붙어 어디든 걸을 때마다 쩍쩍, 소리가 날 지경이었다. 부모님이 내게 입단속을 시켰으므로 나는 재개발 때 문에 소금 고개로 이사 왔다는 이야기를 아무에게도 하지 않았다. 계절이 바뀌어도 우리가 기다리던 재개발 소식은 들리지 않았다. 그렇지만 어머니와 아버지는 쉽게 동요하지 않는 성격이었고, 변함없이 아침마다 골목을 마당비로 쓸고 또 쓸었다. 고양이들이 매일 밤 쓰레기봉투를 헤집어 놓고 가는 탓에 새벽의 골목에는 쓰레기들이 나뒹굴었다. 고양이들을 볼 때마다, 어디선가 아기 울음소리 같은 고양이의 울음소리가 들려올 때마다 어머니는 정말 불길한 동물이야, 하고 말했다. 그때마다 어머니는 정말 몸서리를 쳤고 얼굴을 잔뜩 찌푸렸으므로, 나 역시 영문도 모른 채 몸을 떨었다.

날이 더워지기 시작하면서, 소음보다 참기 힘든 것이 악취라는 것을 나는 배웠다. 소음은 창문을 닫으면 어느 정도는 해결되었지만 악취는 창을 닫아도 창틈으로 새어 들어왔다. 그 동네에는 내가 예전에 살았던 곳에서 단 한 번도 맡은 적이 없는 온갖 냄새가 풍겼다. 정화조 트럭이 지나갈 때면 진동하던 악취나 고양이들의 배설물 냄새, 무엇보다도 아무렇게나 거리에 버려진 음식물 쓰레기 썩는 냄새가 항상 공기 중에 가득했다. 우리는 더워 죽겠는데도 창문을 열지 못한 채 선풍기를 틀고 살았다. 어머니는 집 안 구석구석에 방향제를 갖다 놨다. 나는 아파트에 사는 아이들이 내 몸에서 동네 특유의 냄새를 맡진 않을까 걱정이 됐다.

여름 내내 악취는 점점 더 심해졌다. 무더위와 폭우가 반복되면서 부패하는 속도도 빨라졌다. 어느 주말인가, 연일 비가 쏟아지던 날, 찜통 같은 거실에 상을 펴 놓고 앉아 온 가족이 저녁을 먹는데 어머니가 아버지에게 이사를 가면 안 되겠느냐고 물었다. 재개발 이야기가 도통 들리지 않는데, 이 집을 전세 놓고 무리해서라도 대출을 받아서 다른 동네에 전셋집을 구하는 게 낫지 않을까 하는 이야기였다.

"애한테는 아무래도 교육 환경이 중요하잖아."

어머니가 땀을 닦으면서 내 쪽을 흘깃 보았다. 나는 아무런 잘못도 저지르지 않았지만 왠지 그래야 할 것 같아서 고개를 푹 숙였다.

"흐음."

제대로 말리지 않은 운동화 깔창 냄새 같은 것이 나던 우리 집의 거실 한가운데에서 아버지가 신음처럼, 깊은 한숨을 내쉬었다.

그즈음 어머니가 나의 교육 환경을 걱정하기 시작한 데는 원인이 있었다. 나와 성적이 비슷한 아이들과 어울리려고 애쓰는 일이 너무 피곤했기 때문에 나는 점점 더 해지와 붙어 다니고 있었다. 해지가 우리 집으로 올 때도 있었고 내가 해지의 집으로 갈 때도 있었지만, 맥주로 머리를 탈색해 보려다가 어머니에게 들켜 혼난 이후 우리는 해지의 집에서 놀 때가 더 많았다. 그 집을 떠올리면 지금도 선명하게 기억나는 것은 우리가 현관문을 열 때까지 집 안에 고여 있던 어둠과 코를 찌르던 쾨쾨한 자릿내였다. 해지의 아버지가 무슨 일을 했는지는 지금껏 모르지만, 살짝 열린 방문 틈으로 러닝셔츠 차림의 아저씨가 모로 누워 있는 것을 자주 보았다. 해지의 어머니는 주말에만 집에 있었다. 처음에는, 우리 어머니와 달리 목소리가 걸걸하고 한 번도 들어 본 적 없는 야한 농담을 아무렇게나 하는 해지 어머니가 사실 좀 무서웠다. 그렇지만 덩치 큰 몸에 꼭 끼는 꽃무늬 티셔츠를 즐겨 입고, 무엇보다 해지와 닮은 얼굴의 그녀를 나는 좋아했다. 아무튼 해지네 집은 취향을 짐작할 수 없는 가구와 집기들로 발 디딜 틈이 없었다. 우리 집보다 훨씬 좁고 해지의 방이 따로 없는 그 집에서 우리가 있을 장소라고는 옥상뿐이었다. 우리는 사다리를 타고 옥상에 올라가 텐트를 치고 그 안에서 라디오를 들었다. 빠람빠람빠람. 시그널이 울리고 DJ 목소리가 들리면 우리는 텐트 바닥에 나란히 드러누웠다. 도시가스가 들어오지 않는 해지네 집 옥상에는 커다란 LPG 통들이 늘어서 있었고 그 옆에 세워 둔 장대에는 빨랫줄이 걸려 있었다. 해지는 신경 쓰지 않는 듯했지만 나는 수치를 모르고 바람에 나부끼는 속옷들을 보면 민망해져 시선을 돌렸다. 염료가 다 빠진 것처럼 후줄근하던 브래지어와 팬티들. 차가운 바닥에 누워서 좋아하는 가수의 노래를 듣는 동안 텐트 위로는 빨래의 그림자들이 어른거렸다.

한번은 그 비좁은 텐트 안에서 해지가 내 눈썹을 정리해 준 적도 있었다. "눈을 감아야지." 해지의 말에 나는 순순히 눈을 감았다. 해지는 내 눈썹을 물로 적시고 비누를 칠했다. 눈을 감은 탓인지 비누의 인공 살구 향이 더 진하게 느껴졌다. "시작한다." 해지가 말하고 나는 눈을 더 질끈 감았다. 그 시절, 해지에게는 나 말고도 오래된 친구들이 많이 있었지만, 내게는 해지가 바깥세상의 전부였다. 내 얼굴 위로 사각거리는 소리를 내며 움직이던 칼날. 그 순간 나는 아주 짧은 찰나라도 눈썹 모양이 망가지거나 상처가 나면 어떻게 하나, 따위의 걱정을 하지 않았다. 사랑에 굶주린 어린아이처럼, 맹목적으로, 나는 해지를 믿었다. 해지의 손이 아주 조심스럽게 내 이마 위에서 곡선을 그으며 움직이는 것을 느끼면서. "다 되었어." 해지가 거울을 보여 주었다. 그 안에 해지의 눈썹과 똑같은 눈썹을 지닌 내가 있었다. 그날 밤, 나는 사다리를 타고 다시 옥상에서 내려와, 고양이들이 있는 골목을 지나쳐, 집으로 돌아오자마자 그때까지 열지 않았던 마지막 이삿짐 상자의 테이프를 뜯었다. 고향의 친구들이 선물해 준 도기 인형들과 작은 꽃병, 플라스틱 사진틀 따위의, 아무짝에 쓸모없지만 당시 내 눈에는 아름다워 보였던 것들을 꺼내어 나는 내 방을 꾸몄다.

해지에게 내가 그저 삶을 구성하는 한 부분에 불과할지도 모른다는 생각은 당시 나를 때때로 슬프게 했다. 해지는 동네 친구들이 많았는데 특히 남자들 사이에서 인기가 좋았다. 해지와 같이 동네를 걷다 보면 우리보다 두세 살쯤 나이가 더 많은 고등학생들이 해지에게 다가와 시답지 않은 장난을 걸거나 색소가 많이 든 아이스크림 같은 걸 사 주고 가는 일이 심심치 않게 있었다. 어머니는 내가 해지를 쫓아다니는 남자애들과 어울리지는 않을까 항상 전전긍긍이었다. 그렇지만 어머니의 걱정이 기우라는 것은 그 시절의 어린 나도 알았다. 나는 그들의 안중에 전혀 없었으니까. 남자들 앞에만 서면 쭈뼛대고 경계하던 나와 달리 그들을 대하는 해지의 태도는 스스럼이 없었다. 다른 남자들과 있을 때와 달리 무호 앞에서는 낯을 전혀 가리지 않는 나를 보며 "너 무호 좋아하지?" 하고 해지가 쿡쿡 찌르곤 했던 것도 그런 까닭이었다.

다른 남자애들을 데리고 올 때도 있었지만 무호는 대개 혼자 우리에게 왔다. 해지네 집으로 무호가 찾아오면 돈 없이 마땅히 갈 곳이 없었으므로 우리는 종종 비탈길을 내려가 신작로를 건너 굴다리까지 걸어갔다. 장미, 백조 따위의 간판만 걸려 있을 뿐 창문 하나 없는 허름한 방석집 앞을 시시덕거리며 지나면 굴다리가 나왔다. 굴다리까지 가 봤자 우리가 하는 일이라고는 별게 없었다. 굴다리 너머에는 마을버스 차고지로 쓰이다가 버려진 부지가 있었다. 아무렇게나 자란 풀이 무성하던 그곳에는 커다란 아카시아나무가 우거져 있었고, 허리춤까지 자란 개망초와 키 큰 해바라기가 차례로 꽃을 피우던 얕은 구릉이 있었다. 이미 무용해진 그곳에 다다르면 우리는 아무 데나 주저앉아 이야기를 나눴다. 대개는 가족에 대한 이야기랄지, 장래에 대한 이야기랄지 뭐 그런 것들이었던 것 같다. 그곳에서 나는 용도가 무엇이었는지는 모르지만 이미 무너져 버린 담벼락을 평균대 삼아 걷는 것을 좋아했다. 그리 높지 않은 담이었지만 균형을 잡기 위해 양팔을 벌리고 걸으며 나는 정주민이 없는 나라에만 정차하는 기차를 상상하곤 했다. 좁은

담 위를 휘청휘청 오가면서 주로 내가 하는 일은 아이들이 하는 말을 듣는 것이었다. 어쩌다 아이들이 우리 가족에 대해 물으면 간혹 내 얘기를 할 때도 있었다. 나는 우리 아버지가 가난한 시골 출신으로 오 남매 중에 장남이기 때문에 동생들을 건사하기 위해 어떤 희생을 해 왔는지, 그런 이야기들을 즐겨 했던 것 같다. 아버지는 음악을 사랑했고, 그래서 기타 연주자가 되고 싶었지만 집안을 일으키기 위해서 기꺼이 꿈을 포기했다. 나는 그런 아버지가 자랑스러웠다. 아버지에 대해 이야기할 때면 나는 늘 신이 나서 평소와는 달리 제법 큰 목소리로 떠들었을 것이다. 아버지를 내가 얼마나 좋아하는지에 대해서. 소리 나는 대로 아버지가 적어 준 가사를 보면서 짐 리브스나 존 덴버의 노래를 함께 따라 부르던 기억이나, 음악 실기 시험을 볼 때면 솔-솔-미-파-솔, 리코더 부는 법을 아버지에게 배웠던 기억 같은 것에 대해서. 나는 아버지가 크게 화를 내는 것도, 욕을 하는 것도 본 적이 없었다. 아버지는 비가 오나 눈이 오나 매달 마지막 주 토요일마다 할머니 할아버지 댁에 찾아가 다리를 주물러 드리고 돼지갈비라도 사 드릴 때면 드시기 좋게 살코기만 가위로 잘라 드리는 그런 사람이었다.

"떨어질 거 같으니까 이제 좀 내려와."

아이들이 위태롭게 걷는 내게 소리 지르면 나는 마지못한 척 풀밭에 앉아 있는 그들 옆으로 가 자리를 잡았다. 풀밭에 앉으면 엉덩이가 이내 축축해졌다. 아이들은 졸업하면 각기 기술을 배우는 학교에 입학할 예정이었다. 해지는 미용을 배울 거라고 했고 무호는 정비공이 될 거라고 말했다. 언젠가는 해외 패션쇼에 오르는 모델들만 담당하는 헤어 디자이너가 될 거라는 둥, 유명한 독일 회사의 자동차를 설계하고 말겠다는 둥, 석양이 비쳐 들어 홍조를 띤 얼굴로 아이들이 그려 보이는 미래는 하나같이 터무니없었다. 그들이 그리는 미래가 비눗방울처럼 커다랗게 부풀어 오를수록 나는 이상하게도 점점 불쾌해졌는데, 그 원인이 무엇인지 그때는 자각하지 못했다. 인문계 고등학교, 그것도 명문대 합격률이 높은 사립 고등학교 입시를 준비하는 사람은 나 하나였고, 나는 아이들이 떠드는 동안 말없이 내 주위의 강아지풀을 손으로 뜯었다. 내가 담배를 처음 배운 것은 그런 날들 중 하루였다. "훅, 들이쉴 때 같이 마셔." 아이들이 나를 재촉하고 나는 담배를 입에 문 채 훅, 숨을 빨아들였다. 담배 연기가 지나간 자리를 따라 내 기도가, 내 폐가 뜨거워졌다. 내가 캑캑거리며 기침을 하는 모습에 아이들이 손뼉을 치며 웃었다.

만약 성적이 떨어졌다면 부모님은 어떻게 해서라도 이사를 가려고 애썼을 것이다. 그러나 나는 훌륭한 사람이 되어야만 한다는 당부를 잊지 않았고 다행히 성적도 떨어지지 않았다. 학교에서 해지가 책상에 엎드려 자는 동안 나는 착실히 공부를 했고 교칙을 어기지도 않았다. 이런저런 이유들에도 불구하고 아파트에 사는 아이들이 나를 대놓고 무시하지 않던 까닭은 성적 때문이었다. 나는 그 아이들이 우리 동네 아이들을 어떻게 보는지 알고 있었다. 내가 그 깔보이는 대상이 아니라는 사실은 다행이었지만 그렇게 생각할 때마다 배신자가 된 것 같은 감정이 나를 사로잡았다. 그리고 해지가 공부를 조금만 했다면 내가 이런 감정을 느끼지 않아도 될 텐데 하는 생각에 화가 났다. 아버지는 주어진 환경을 극복하지 않고 안주하려는 것은 잘못이라고 언제나 내게 말했다.

재개발이 될 거라는 소문이 동네에 돌기 시작한 것은 이듬해 봄쯤이었다. 소문이 구체화될수록 동네의 분위기가 조금씩 달라져 갔다. 부모님은 우리가 살던 동네가 하루빨리 허물어져 버리길 바랐고, 그것이 순리라고 생각했다. 그러면서도 부모님은 골목을 쓸었고, 골목에서 누군가를 마주치면 목례를 했다. 나는 우리 중학교 졸업생 중 소수만 진학할 수 있었던, 강 건너의 사립 고등학교에 입학한 후 말수가 조금 더 줄었다. 우리 동네까지는 스쿨버스가 오지 않아서 다른 아이들보다 더 일찍 일어나 스쿨버스가 다니는 곳까지 일반 버스를 타고 가야만 했는데, 그래서 나는 몇 배나 더 피곤했다. 야간 자율 학습을 마친 뒤 버스를 갈아타고 밤늦게 집에 오는 날들이 많았기 때문에 해지와 만날 수 있는 시간도 자연스레 줄어들었다. 간혹 아프다는 핑계를 대고 조퇴를 하기도 했지만 그럴 때는 해지가 집에 없기 일쑤였다. 그렇게 일찍 집에 돌아와 봤자 혼자 있게 되는 날들에는 처음 이사 왔던 날 아버지가 내게 아파트 단지를 보여 주었던 옥상에 쭈그려 앉아, 사라져 가는 태양의 빛줄기가 쇠락한 골목과 남루한 벽을 부드럽게 어루만지는 풍경을 바라보았다. 마치 검버섯 핀 노인의 얼굴을 쓰다듬듯이. 그러면 그 손길을 따라, 동네는 쪽잠을 청하는 고단한 노인처럼 주름이 깊게 팬 눈꺼풀을 천천히 감았다. 해가 지고 나면 대기에 남아 있던 온기도 노인의 마지막 숨결처럼 느리게 흩어져 갔다. 몸에 한기가 깃들어 더 이상 앉아 있기가 힘들어지면 그제야 나는 쪼그렸던 다리를 펴고 자리에서 일어났다. 초라한 골목이 어째서 해가 지기 직전의 그 잠시 동안 황홀할 정도로 아름다워지는지, 그때 나는 그 이유를 알지 못했다. 다만 그 풍경을 말없이 바라보는 동안 내 안에 깃드는 적요가, 영문을 알 수 없는 고독이 달콤하고 또 괴로워 울고 싶었을 뿐.

재개발 추진 위원회가 설립되면서 동네 사람들은 저마다 재개발하는 것이 이익인지 손해인지를 따지기 시작했다. 동네는 재개발에 찬성하는 사람들과 반대하는 사람들로 나뉘었다. 반대하는 주민들은 비상 대책 회의장으로 정해진 무호네 집에서 매주 화요일 저녁 대책 회의를 열었다. 턱없이 높은 추가 분담금을 내는 것이 불가능한 사람들은 재개발에 반대했다. "동의율이 낮으면 조합 설립이 무산될 수도 있대." 오랜만에 만난 무호가 말했다. "응." 컴컴한 골목 한쪽에서, 고양이 아저씨가 두고 간 사료를 허겁지겁 먹는 고양이들을 보면서 나와 해지는 고개를 끄덕였다. 해지의 가족은 세입자였으므로 동의하지 않을 권리가 없었다.

시간은 빠르게 흘렀다.

무호는 이제 키가 나보다 훨씬 컸고 어깨도 예전보다 두 배가량 넓어졌다. 그렇지만 무호에게는 여전히 웃을 때 아기 같은 구석이 있었다. 무호가 동네의 버려진 폐가에서 어떤 여자아이와 옷매무새가 흐트러진 채로 나왔다는 소문을 누군가가 내게 전하기도 했고, 실제로 그런 일이 일어났을 가능성이 높다는 것도 알고 있었지만, 나는 괘념치 않았다. 무호는 적어도 내 앞에서만큼은 예전처럼 순진한 얼굴이었고, 그것으로 충분했으니까. 우리 셋에게는 공통점이 없었지만 우리는 여전히 가끔씩 버려진 차고지에 앉아 시답지 않은 이야기를 하며 담배를 피웠다.

언젠가 한번은 해지였는지 무호였는지 둘 중 하나가 넌 좋은 대학에 가서 부자가 되겠지, 같은 말을 내게 했다. 그런 말을 내 앞에서 꺼낸 것은 처음이었다. 해지는 만날 때마다 학교에서 배우는 미용 기술에 대해서, 마네킹의 가발을 자를 때의 고충 같은 것들에 대해서 이야기했다. 무호는 우리 사이에 있을 때도 있었고, 없을 때가 더 많았다.

해가 한 번 더 바뀌고 내가 열여덟 살이 되자 이사를 가는 사람들이 하나, 둘 생겨났다. 해지네 식구는 그 동네를 가장 먼저 떠난 무리에 속했다. "갑자기 집주인네가 들어와 살겠다고 연장을 안 해 준대." 해지는 덤덤한 척 입술에 립글로스를 바르며 전했다. "재개발한다는데 우리가 안 나가고 버틸까 겁나 그런 거겠지, 뭐." 무호가 밤늦은 시간 하교하던 나를 버스 정류장으로 마중 나오겠다고 한 것은 해지네 이사가 결정되고 얼마 지나지 않은 9월이었다. 무호가 나를 마중 나온 것은 그때가 처음이었다. 그래서였을까. 인적이 드문 버스 정류장에 홀로 서 있는 무호를 봤을 때 나는 이상하게 조금 설렜다. 우리는 아주 오랜만에 단둘이 비탈을 올랐다. "가방에 뭐가 이렇게 많이 들었냐, 키 안 크게." 무호가 내 가방을 번쩍 들어 대신 둘러멨다. 무호가 이제는 나보다 훨씬 크다는 것이 갑자기 실감 났다. 헬스장에서 벤치 프레스를 열심히 한다더니 무호의 팔뚝은 예전보다 훨씬 굵어져 있었다. 나는 무호가 남자의 몸을 가지고 있다는 사실에 새삼 놀랐다. 그리고 왜인지 모르겠지만 소문 속에서 무호와 옷이 헝클어진 채 폐가에서 나왔다는 여자아이의 얼굴이 궁금해졌다. 우리는 학교에서 있었던 일이나 그 무렵 화제가 되고 있던 할리우드 영화에 대해서 이야기를 주고받았지만 공통의 화젯거리가 별로 없었다. 나도 무호도 골목 곳곳에 걸려 있는 붉은 깃발을 보았지만 둘 다 애써 모른 척하고 있었다. 그즈음 재개발을 찬성하는 사람들과 반대하는 사람들 사이의 갈등은 점점 더 심해져 갔다. 가파른 계단을 말없이 오르자 밤이 내린 공터가 나왔다. "그러고 보니 고양이 아저씨를 못 본 지 좀 되었네." 무호는 아저씨를 며칠 전에 보았다고 말했다. 아저씨는 고양이들을 두고 갈 수 없어 재개발에 반대한다고 했다. "얼마 전에는 어떤 사람들이 아저씨한테 고양이들을 다 죽여 버리겠다고 협박까지 했대." 무호가 화난 목소리로 말했다. "아저씨가 제일 만만하니까 괜히 화풀이하는 거지." 재개발을 찬성하는 이들이 반대하는 주민들의 가게나 집을 찾아가 위협하고 행패를 부린다는 소문은 나도 들어 본 적이 있었다. 우리는 다시 말없이 걸었다. 무호의 숨소리가 가까이 들렸다. "여기까지면 됐어. 이제 가." "아니야, 집 앞까지 바래다줄게." 우리 집 쪽으로 꺾어지는 골목으로 들어서자 새끼 고양이 두 마리가 놀란 듯 안쪽으로 달아났다. 그리고 마침내 우리 집 앞에 도착했을 때, 외등 아래서 무호가 어렵게 말을 꺼냈다. 해지가 떠나기 전에 고백하고 싶은데 도와주었으면 좋겠다고.

그리고 그 주 토요일 밤에 나는 무호의 부탁대로 해지를 옛 마을버스 차고지로 데리고 갔다. 해지는 춥고 깜깜한 데를 갑자기 왜 가느냐며 계속 툴툴댔다. 기억이 틀리지 않는다면, 해지는 그날 오렌지색 스웨터를 입고 있었다. 털이 날리는 오렌지색 앙고라 스웨터에 무릎이 튀어나온 트레이닝복을 입고 무슨 일이 기다리고 있는지도 모르는 채 내게 이끌려 비탈을 내려가던 해지. 헐벗어 가는 아카시아나무 뒤에서 무호가 초 대신 폭죽을 꽂은 케이크를 들고나오자 해지는 뭐 하는 짓이냐며 소리를 지르다가 이내 빨개진 얼굴로 웃음을 터뜨렸다. 나는 그때 처음으로 내가 무호를 좋아하고 있었는지도 모른다는 사실을 깨달았다. 아닌가. 좋아한 것은 아니었나. 어쩌면 우리 셋의 관계의 축이 한쪽으로 기울어 버렸음을 깨닫는 순간 느낀 허전함이 나를 착각하게 만든 것뿐이었을까. 하지만, 아무튼, 그 순간에는, 크림 범벅의 케이크 위로 반짝이는 불꽃과 그 너머 어른거리는 무호의 환한 얼굴을 보면서, 사실은 내가 무호를 얼마간 좋아한 것 같다는 생각을 했다. 그러나, 또 동시에, 그렇더라도, 나와 무호의 삶이 교차할 수 있는 순간은 너무나도 짧고, 우리는 이제 몇 년의 시간이 흐르지 않아 완전히 다른 길을 걷게 될 것이며, 더 이상 우리의 인생은 겹쳐지지 않을 거라는 사실을 내가 너무 오래전부터 알고 있었다는 생각도. "나랑 사귈래?" 이제는 남자의 몸을 가진 무호가 수줍은 얼굴로 물었다. "그래." 해지가 상기된 얼굴로 고개를 끄덕였다. 나는 관객의 역할에 익숙해진 배우처럼 손뼉을 쳤다. 내 박수 소리에 쑥스러운 듯 아이들이 나를 바라보며 웃었다. 우리는 같이 웃었다. 폭죽의 불꽃이 짙푸른 어둠 속에서 요란한 소리를 내며 탔고, 땅에 떨어지자 순식간에 사그라졌다.

가끔, 그곳을 지날 때가 있다. 예전에 굴다리가 있었고 창 없는 방석집들이 즐비하던 거리는 이제 흔적도 없이 고층 건물로 뒤덮여 있다. 우리 가족은 포클레인이 폐가들을 부수기 전에 이사를 했고, 그 후 한동안 나는 그 지역에 다시 가지 않았다. 고양이 아저씨처럼 종국엔 쫓기듯 떠나간 그 동네 대부분의 사람들이 어디에, 어떤 모습으로 살고 있는지 나는 모른다. 그렇지만 많은 시간이 흘렀는데도 어쩌다 버스를 환승하기 위해, 이제는 공항 철도가 놓인 그 거리를 걷다 보면 그 시절의 어떤 장면들이 불쑥 떠오르곤 한다. 이를테면 죽은 고양이를 발견한 그날의 기억 같은 것.

해지는 그렇게 떠났다. 우리는 자주 통화했고 어쩌다가 만났지만 점차 거의 만나지 않게 될 거였다. 무호와 단둘이 만난 적은 그 후로 없었다. 눈이 귀한 지방에서 나고 자란 나는 눈을 매일 기다렸지만 그해 겨울은 정말 눈이 오지 않았다. 시베리아에서 내려온 한랭 기단의 영향으로 얼굴이 에일 정도의 강추위만 계속되었다. 겨울이 되자 동일한 체크무늬 명품 목도리를 일제히 꺼내 두르고, 방학에는 싱가포르로, 캐나다로 어학연수를 떠나고, 무엇보다 야간 자율 학습은 의미 없다는 듯이 담을 넘어 도망가는데도 언제나 성적이 나보다 잘 나오던 아이들 틈에 있다 보니 나는 공부에 흥미를 잃었다. 외국 소설이든 잡지든, 심지어 국어사전까지, 활자에 굶주린 사람처럼 아무 책이나 닥치는 대로 첫 페이지부터 끝까지 읽어 대기 시작한 것은 그 때문이었다. 뭔가를 읽고 있는 동안만큼은 아무와도 이야기하지 않아도 되었고 시간이 한 움큼씩 없어졌는데, 나는 그것이 좋았다. 그날도 일요일이었지만 학교 도서실에 앉아 제임스 조이스나 외젠 이오네스코의 책 같은 것을 이해하지도 못하면서 읽다 집에 돌아가는 길이었을 거다. 매서운 추위에 잔뜩 웅크린 채 비탈을 올라가고 있는데 어디선가 웅성거리는 소리가 들렸다.

"싸움이 났어요."

누군가가 외쳤다. 나는 두렵지만 궁금한 마음에 이끌려 소리가 나는 쪽으로 향했다. 그곳, 석유 가게 앞에는 이미 몇몇의 구경꾼들이 몰려 있었다. 이따금씩 나는 후회했다. 그곳에 가지 말았어야 했는데. 그렇지만 나는 호기심을 이기지 못하고 내 앞을 가로막은 채 서 있는 아주머니들의 어깨와 어깨 사이에 고개를 들이밀었다. 그리고 그곳에서 얻어맞고 있는 고양이 아저씨를 보았다.

"저 사람들이 고양이한테 약을 먹였다나 봐."

구경꾼 중 누군가가 누군가에게 수군거리는 소리가 들렸다. 젊은 사내들에 의해 바닥에 내동댕이쳐진 고양이 아저씨는 꺾어진 허리를 자꾸만 곧추세우며 일어섰다. 나는 두려웠다. 아저씨가 죽을까 봐. 언제나 핏발이 붉게 선 눈 때문에 무서워 보이던 아저씨의 얼굴은 더욱 흉측하게 일그러졌다. 아저씨를 때리던 이들은 싸움을 그만하고 싶은 것 같았지만 아저씨는 돌아서는 그들을 향해 자꾸만 달려들었고 또 얻어맞았다. 왜 아무도 말리지를 않지? 나는 다급한 마음에 주변을 둘러보았다. 눈살을 찌푸리며 구경하는 사람들은 대부분 아주머니나 할머니였고 남자라고는 꼬마들밖에 없었다. 고양이 아저씨가 뭐라고 뭐라고 소리를 질렀다. 비명 소리는 아니었고 무슨 말을 한 것이 분명했지만 발음이 부정확해 알아들을 수가 없었다. 나는 문득 아버지를 떠올렸다. 아버지라면, 어떻게든 이 사태를 해결할 수 있을 거였다. 나는 뒤로 돌아서 달렸다. 평소에 가던 길을 우회해서 집까지 뛰었다. 나는 내가 그렇게 빨리 뛸 수 있는 사람이라는 것을 그때까지 알지 못했다. 집으로 꺾어지는 골목에 들어서자 거기엔 정말 죽은 고양이가 있었다. 우리 집 앞을 자주 지나던 고양이, 입 주위로만 별 모양으로 흰 털이 나 해지가 별이라고 부르던 그 고양이였다. 죽은 고양이를 본 것은 그때가 처음이었다. 고양이는 네 다리를 위로 쳐든 채 배를 보이며 시멘트 바닥에 죽어 있었다. 눈을 뜬 상태로 차갑고 꼿꼿하게 굳어 있던 고양이. 나는 가방에서 열쇠를 찾았다. 열쇠가 열쇠 구멍에 잘 들어가지 않아서 그제야 내 손이 떨리고 있다는 것을 알았다.

"아빠, 아빠!"

집에 들어오자 훅, 따뜻한 기운이 나를 감쌌다.

내 목소리가 다급하게 들렸던 게 틀림없었다. 어머니와 아버지가 동시에 무슨 일인가 놀라서 방에서 뛰어나왔으니까.

"아빠, 아빠. 고양이 아저씨가 맞고 있어요."

그 뒤로 자세한 것은 기억나지 않는다. 나는 아마 울면서 아버지에게 내가 목격한 것을 설명한 것 같다. 아저씨의 얼굴이 어떻게 부어 있었는지. 그의 몸이 발길질에 어떻게 둥그렇게 말렸다가 다시 가까스로 펴졌는지. 그리고 피가, 피가 어떻게 흘러내렸는지에 대해서. 나는 아버지가 내 이야기를 다 들으면 옷을 챙겨 입고 밖으로 뛰어갈 것이라고 생각했다. 경찰을 부르고, 사람들을 불러서 어떻게든 상황을 해결해 줄 거라고. 그러나 놀랍게도 아버지는 내 이야기를 듣더니 어머니에게 "얘 물 좀 떠다 줘. 숨넘어가겠네."라고 말했다. 그리고 내 쪽을 바라보면서는 이렇게 천천히 덧붙였을 뿐이다.

"얼굴이 꽁꽁 얼었다. 따뜻한 아랫목에 가서 몸 좀 녹여라."

나중에 안 일이지만 재개발 추진이 지연되는 데 대한 분풀이로 독극물을 주입한 닭고기를 동네 여기저기에 뿌려 둔 것은 찬성파 중 누군가였다. 수십 마리의 고양이들이 그것을 먹고 골목 곳곳에서 죽어 나갔다. 아버지는 그것을 이미 알고 있었을까. 어쩌면 아버지는 성정상 싸움에 끼어들고 싶지가 않았던 것뿐일지도 몰랐다. 아버지는 그저 우리 가족을 위해 서울로 이사를 왔을 뿐이고, 그런 갈등을 겪게 될 줄은 상상도 하지 못했을 테니까. 그렇지만 이상하게도 나는 어머니가 건네준 물을 받아 마시고도, 시키는 대로 방 아랫목에 이불을 덮고 앉아 있으면서도, 눈물이 멈추지 않았다. 한참을 울고 까무룩 잠이 들었다가 퉁퉁 부은 눈을 가까스로 떴을 때는 이미 캄캄한 밤이었다. 나는 자리에서 일어나 앉았다. 머리가 깨질 듯이 아팠다. 어머니와 아버지는 이미 잠들었는지 집 안이 조용했다. 그렇게, 어두운 방 안에 무거운 눈을 끔벅이며 잠시 앉아 있는데, 어떤 이유에서인지 갑자기 집 앞에 죽어 있던 고양이를 묻어 줘야겠다는 생각이 들었다. 그것은 정말 이상한 생각이었다. 나는 한 번도 고양이를 만져 본 적이 없었고, 무엇인가의 사체를 묻어 본 적은 더더욱 없었으니까. 그렇지만 어디에 어떻게 묻어야 할지도 모르면서 나는 입고 있던 옷 위에 파카를 걸쳤다. 고양이는 차가운 바닥에 아직 그대로 있을 거였고, 그렇게 내버려 둘 수는 없었다. 나는 사람들이 그저 구경만 하고 있던 고양이 아저씨를 떠올렸고, 안방으로 들어가던 아버지의 뒷모습을, 내 얼굴을 자꾸만 쓸어내리면서 한숨 자라고 나를 토닥이던 어머니를 떠올렸다. 나는 파카의 지퍼를 올렸다. 아버지나 어머니가 깰까 봐 전등을 켜지 않고 주변을 손으로 더듬으며 거실로 나가면서, 고양이를 수건 따위로 감싸서 공터 옆 화단에 묻어 주면 되지 않을까,

그런 생각을 했다. 꽤 괜찮은 생각인 것 같았고, 기분이 한결 나아
졌다. 그런데, 현관 앞에 서자 갑자기 한기가 느껴졌다. 문틈으로
찬 바람이 들어오는 모양이었다. 밤이 되었으니 바깥은 낮보다 기
온이 더 떨어져 있을 것이었다. 며칠째 영하 십오 도 안팎의 강추
위가 계속되고 있었다. 나는 신발장에서 운동화를 꺼내기 위해 현
관으로 발을 내디뎠다. 현관 바닥에 맨발이 닿자 생각보다 너무
차가워 몸서리가 쳐졌다. 고양이가 아직 그대로 있긴 한 건가. 옷
을 너무 얇게 입은 것 같다는 생각이 들었다. 사실 누군가가 벌써
치워 버렸을지도 모르는데. 우리가 살던 집의 현관문 윗부분에는
바깥을 내다볼 수 있도록 동그랗게 유리창이 나 있었다. 실내와의
온도 차 때문에 유리창에 김이 서려 바깥은 아무것도 보이지 않았
다. 나는 운동화를 구겨 신은 채 창을 손바닥으로 쓱쓱 문질렀다.
일단 고양이 사체가 아직 골목에 버려져 있는지만 살짝 확인하고
나갈 생각이었다. 내 손자국을 따라 투명해진 차가운 유리창에 이
마를 가만히 대었다.

"세상에."

그 순간 나도 모르게 탄성이 튀어나왔다. 창밖에는 커다란 눈송
이가 떨어져 내리고 있었다. 깃털처럼 부드러운 눈송이가. 역청빛
어둠을 덧칠한 이웃집의 지붕 위에도, 옥상 위의 장독대와 비탈 아
래쪽의 앙상한 나무초리 위에도, 고요하게. 얼마나 아름다웠는지.

그것은 정말 내가 태어나서 단 한 번도 본 적이 없는 커다란 눈송이였다. 마른눈. 자국눈. 가랑눈. 국어사전에서 내가 발견했던 무수한 단어로도 형용하기가 충분치 않던 눈송이. 그토록 숨 막히는 광경을 나는 그 전에도 그 이후에도 본 적이 없었다. 그리고 나는 차가운 유리창에 이마를 댄 채 그렇게 한동안 서 있었다. 구겨진 신발 위에, 양말도 없이, 까치발을 한 채로. 돌이켜 보면 그것이 내 인생의 결정적인 한 장면은 아니었을까 하는 생각이 든다. 앞으로 나는 평생 이렇게, 나가지 못하고 그저 문고리를 붙잡은 채 창밖을 기웃거리는 보잘것없는 삶을 살게 되리라는 사실을 암시하고 있었으니까. 그러나 내가 그 장면의 의미를 이해하게 된 것은 아주 먼 훗날의 일이고, 그때 나는 창밖으로 떨어져 내리는 아름다운 눈송이를 그저 바라보고만 있을 뿐이었다. 모든 것을 까맣게 잊어버리고. 집집마다 매달려 펄럭이는 붉은 깃발들 사이로 새하얀 눈송이가 떨어져 내리는 풍경을, 그저 황홀하게.

---

* 소설의 제목은 바실리 칸딘스키의 그림 「고요한 사건Evènement doux」(1928)에서 빌려 왔다.

이유리

2020년 『경향신문』 신춘문예에
단편 소설 「빨간 열매」가 당선되며 작품 활동을 시작했다.
소설집 『브로콜리 펀치』, 『모든 것들의 세계』 등을 썼다.

O2

치즈 달과
비스코티

정시에서 오 분 정도 지났을 때 남색 재킷을 입은 남자가 들어왔다. 그러고는 모두에게 펜과 종이를 하나씩 나눠 주었다. 의사, 또는 치료사라는 직업을 가진 사람들은 모두 환자의 시간을 개똥으로 여기라는 교육을 받는 게 틀림없다. 나는 내게 종이를 내미는 남자의 털투성이 손을 노려보았다. 그러다가 그게 얼마나 이상하게 보일지 생각하고 곧 시선을 돌렸다. 내 정신은 멀쩡했고 절대로 환자처럼 보이고 싶지 않았다. 그런데 그렇게 생각하고 나면으레 그렇듯, 이번에는 시선을 어디에 두어야 정상적인 사람처럼 보이는지 혼란스러워지기 시작했다.

종이를 다 나눠 준 남자가 치료실 앞으로 돌아가서 말했다.

"여러분, 안녕하세요!"

이미 반수가 넘는 사람들이 남자보다는 종이와 펜에 더욱 큰 관심을 보이고 있었다.

"오늘부터 여러분과 함께 글쓰기 치료를 진행할 미트볼스파게 티입니다. 그냥 미트볼이라고 불러 주세요. 여러분을 만나서 정말 기쁩니다."

남자는 그렇게 말하고 과장된 동작으로 꾸벅 절을 했다. 자기가 엄청나게 웃긴 농담을 해냈다고 믿는 개그맨처럼. 물론 아무도 웃지 않았다. 나는 남자의 말이 재미있기보다는 안쓰러웠고, 그런 내 기분을 충분히 담은 표정을 지은 채 옆자리 여자를 쳐다보았다. 마침 그 순간 여자는 입에서 뭔가를 푸 소리 내어 뱉고 있었다. 종이 위에 톡 떨어진 것은 손톱 거스러미였다.

남자는 이런 반응은 이미 예상한 것이었으며 자신은 하나도 신경 쓰지 않는다는 듯이 말을 이어 갔다.

"겁내지는 마세요. 그냥 친구를 만들러 나왔다고 생각하세요. 여러분은 서로 짝을 정하고 대화를 주고받게 될 겁니다. 그게 전부예요. 저는 여러분의 피를 뽑거나 뇌에 전극을 달지 않을 거예요."

남자가 바보 같은 미소를 지었다. 나는 두 번째로 슬퍼졌다. 하지만 이번에는 공감을 바라는 표정으로 주변을 두리번거리는 대신, 그냥 남자를 빤히 바라보는 쪽을 택했다.

"오늘은 자기 닉네임을 짓는 걸로 시작합시다. 좋아하는 음식, 좋아하는 인물, 뭐라도 상관없어요. 앞으로 여기서는 서로 그 이름으로만 부르는 겁니다. 오 분을 드릴게요."

빈 종이 위에서 볼펜을 빙빙 돌리며, 나는 글쓰기 말고 수영이나 합창 치료를 받을 걸 그랬다고 후회했다. 하지만 내 배는 삼십 대 중반의 남자인 걸 감안하고도 심하게 불룩해 드러내기 꺼려졌고 남들 앞에서 노래를 부른다는 건 생각만 해도 끔찍했다. 꼼짝없이 흰 종이로 돌아올 수밖에 없었다. 다행스럽게도 나는 직업상 이런 상황을 아주 많이 겪곤 해서 면역이 있었다. 뭔가 써야 하지만 아무것도 써지지 않는 상황에 써먹기 좋은 몇 가지 묘책. 나는 그중에서 '마감 시간이 임박할 때까지 아무것도 하지 않기'를 선택했다. 사 분이 남았다.

방에는 열 명 남짓한 사람들이 둥글게 앉아 있었다. 특별히 정신 나간 것처럼 보이는 사람은 한 사람뿐이었다. 나눠 준 종이를 받자마자 잘게 찢어 캠프파이어라도 하려는 듯 높이 쌓아 놓은 여자였다. 치료사가 우연히 그 사람 옆을 지나가는 척하며 종이를 한 장 더 주었다. 나는 이런 치료들이 대부분 어떻게 흘러가는지 잘 알고 있었기에, 제발 저 사람과는 파트너가 되지 않길 기도했다.

잠시 후―사 분보다 더 긴 시간이 흐른 뒤―치료사가 종이를 걷어 갔다.

"제가 호명하면 일어서서 간단하게 자기소개를 해 주세요. 짧게 한 마디로 하셔도 됩니다. 정 어려우시면 안 하셔도 되고요."

자기소개. 긴장감에 배 속이 싸늘해지는 것이 느껴졌다. 자기소개란 정상인에게도 매우 어려운 일이다. 차라리 막춤을 추라거나 옷을 벗으라는 요구가 나을지도 모른다. 그러면 요구한 사람을 미친놈 취급할 수 있으니까. 하지만 자기소개는 이 사회를 살아가는 일반적인 사람들에게 꼭 필요한 절차이다. 바로 그 점이 자기소개가 어려운 이유겠지만.

"요구르트젤리 씨."

치료사가 호명했다. 구석쯤에서 어려 보이는 여자가 비틀거리며 일어났다.

"안녕하세요요구르트젤리를제일좋아하고요특히블루베리가들어간게제일좋아요또콜라맛도좋아하고요어제는후추맛을먹었어요."

여자는 이 모든 말을 아주 빨리했다. 말을 하는 게 아니라 그저 지저귀고 있는 것 같을 정도였다. 그렇지만 치료사는 여자에게 부드럽게 웃어 보였다.

"수고하셨어요. 아주 잘해 주셨어요. 저도 젤리 엄청 좋아해요. 혹시 스웨덴에 가게 되면 스웨디시 젤리를 꼭 드셔 보세요. 진짜 맛있답니다. 그럼 다음, 콩 통조림 씨."

이런 식으로 몇 명의 사람들이 호명되고 각자 이상한 소리를 늘어놓는 동안, 나는 내 차례가 되면 뭐라고 해야 할지 고민했다. 나는 매우 평범하고 정상적이며 아무 정신적 질환이 없다는 것을 어떻게 알려 줄 수 있을까. 수많은 말들이 떠오르긴 했지만 곱씹어 생각해 보면 약간 정신 나간 놈처럼 들릴지도 모르겠다 싶은 것들뿐이었다. 결국 내가 호명되었을 때("마법의 선인장 씨?") 나는 일어났고 이런 말을 했다.

"마법의 선인장이라는 필명으로 패션지에 이달의 별자리 운세를 연재하고 있는 사람입니다. 혹시 잡지를 구독하고 싶으시면 말씀만 하세요. 일 년 구독하시면 삼십 퍼센트 싸게 드릴 수 있으니까요. 취미는 여행이고 최근엔 어머니와 냐짱에 다녀왔어요. 베트남이요. 참 좋더라고요. 저는 이 근처에 사니까 친하게 지내면 좋겠군요. 가끔 맥주가 마시고 싶다거나 그저 심심하실 때 산책할 사람이 필요하실 수도 있잖아요."

여기까지 말하고 나서야 나는 내가 떠들어 댄 모든 것들이 매우 비정상적인 얼간이 같다는 것을 깨닫고 자리에 앉았다. 심지어 그것들의 대부분은 거짓말이었다. 나는 잡지 정기 구독권을 할인해 줄 수도 없고, 여행을 좋아하지도 않으며, 이 근처에 살지도 않는다. 덧붙여서 여기 앉아 있는 사람들과는 더 이상 한마디도 섞고 싶지 않았다. 친구가 된다니 어림없는 소리였다. 이 중 누군가가 나한테 맥주를 마시자고 하면 나는 그 사람의 귀를 물어뜯을지도 모른다.

"별자리 운세라니 정말 특이한 직업을 가지셨네요. 점성술사라고 하나요, 그런 걸? 저는 쌍둥이자리인데 이번 달 제 운세는 어떤가요?"

쌍둥이자리들은 오늘 하루가 끝나기도 전에 전부 끔찍하게 죽을 겁니다,라고 대답하는 대신 그냥 수줍게 웃어 보일 수 있는 정도의 이성은 남아 있었다. 자연스럽게 차례가 넘어갔다. 나는 남들의 소개에 귀를 기울이는 척하며 여기 있는 모두가 기억 상실증에 걸렸으면 하고 생각했다. 아마 나는 오늘 하루의 나머지 전부를 이 바보 같은 짓을 되새기며 괴로워하게 될 것이다. 하지만 한편으로는, 내가 오바마나 마틴 루서 킹에 비견할 만한 연설 솜씨를 가졌다고 해도 자기소개를 하고 나면 약간은 이런 감정을 느낄 것 같다는 생각도 들었다. 그러자 지금 내가 느끼고 있는 부끄러움이 매우 정상적이고 평범한 것처럼 느껴졌다.

비록 이런 사람들 틈에 섞여 앉아 있긴 하지만 나는 아주 멀쩡한 사람이고 어떤 정신병도 앓고 있지 않다(물론 현대인들이 모두 갖고 있는 약간의 편집증을 제외하고). 나는 돌과 이야기할 수 있다. 내가 여기 앉아 있는 이유는 단지 그것뿐이다. 믿어지는가? 사람들 대다수가 할 수 없는 것을 할 줄 아는데, 칭송과 존경은커녕 미친놈 취급을 받는다는 게 말이다.

내가 이 치료 코스에 들어가기로 결정했을 때 어머니는 울면서 기뻐했다. 사실 이건 어머니의 환갑 선물을 겸해 내린 결정이었다. 생일 선물로 정신 병원에 다니기로 했다는 게 좀 우습게 들릴 수도 있다는 거 안다. 하지만 나는 십몇 년 전에 딱 한 번 정신과를 방문한 뒤로는 현대 의학의 어떤 도움도 구해 본 적이 없었고, 어머니는 나 때문에 가슴이 아파 돌아 버릴 지경이라고 입버릇처럼 말하곤 했었다. 내가 결혼을 못 하는 것과 변변한 직업을 갖지 못하는 것, 심지어 살이 찐 것까지 모두 그놈의 정신병 탓이라는 거였다. 물론 말도 안 되는 얘기다. 나는 그저 햄버거와 피자를 좋아하는 독신주의 기고가일 뿐이다.

물론 어머니는 나를 그냥 내버려 두지는 않았다. 나는 외출했다가 집에 돌아왔을 때 어머니가 웬 낯선 사람과 함께 차를 마시고 있는 광경을 종종 볼 수 있었다. 어머니의 손에는 눈물을 닦는 데만 사용하는 실크 손수건이 쥐여 있고, 내가 현관에 서서 신발을 벗는 동안 어머니는 떨리는 목소리로 말한다.

"이분은 널 위해 오신 심리 상담가셔. 이분과 잘 얘기해 보렴."

그러고는 티 테이블에 열 사람이 먹어도 남을 양의 과자와 과일을 갖다준 뒤, 안방에 들어가 조용히, 하지만 또렷하게 들리는 소리로 흐느끼는 것이다. 젠장, 진짜 울고 싶은 건 나다. 하지만 나는 손수건 대신 과자를 집어 들고 포장을 벗긴다. 와작와작.

이런 일이 반복되자 나는 자칭 '심리 상담가'라는 사람들의 사업 구조를 어느 정도 파악할 수 있게 되었다.

"그래, 어머니께 대충 들었어요. 돌이 말을 한다구요?"

심리 상담가들은 대부분 말수가 적고, 그나마 하는 말도 모두 빙빙 돌려 요점을 피한다. 그러면서 내게 대화를 이끌어 내려는 수작인 것이다. 언제부터 들었나요? 왜 그게 들린다고 생각하나요? 그게 들릴 때의 기분은 어떤가요?

방문에 귀를 대고 듣고 있을 어머니를 위해, 나는 그 모든 허섭스레기 같은 질문에 성의 있게 답했다. 그러면 그들은 노트에 무언가를 끄적거리며 찡그리는 동시에 미소를 지으려는 것 같은 기괴한 표정을 짓는다. 나는 그들이 환자의 증세를 분석하고 있을 때 그런 표정을 한다는 것을 금세 알아차렸다.

곧이어 그들은 똑같은 질문을 한다. 토씨 하나 틀리지 않는다.

"왜 당신에게만 그게 들린다고 생각하나요?"

그렇다. 이 질문은, 너는 네가 뭐 초능력자라도 된다고 생각하는 거냐?라고 들린다. 나는 최대한 예의 바르게 대답한다.

"들리는 걸 어쩌라구요."

그러면 심리 상담가들은 모두 미리 작당이라도 한 듯 주머니에서 조약돌 하나를 꺼내면서 묻는다.

"그럼 이 돌도 말을 할 수 있나요? 뭐라고 하는지 알려 줄래요?"

당연하게도, 모든 돌들이 말을 할 수 있는 건 아니다. 그랬다면 나는 시끄러워서 진짜로 미쳐 버렸을지도 모른다. 인간 중에서도 외발자전거를 탄다거나 물구나무서기를 할 수 있는 사람은 극소수인 것과 같은 이치다. 그들에게 어떻게 그걸 할 수 있는지 물어보면 꼭 나처럼 말할 것이다("글쎄요, 그냥 몇 번 해 보니까 되던데요?"). 하지만 그들이 꺼낸 조약돌은 모두 내게 아무 말도 하지 않았고, 나는 솔직히 말하는 수밖에 없었다.

"그 돌은 말을 할 줄 모르는 녀석인가 봐요."

그러면 그들은 그럴 줄 알았다는 얼굴로 돌을 다시 주머니에 넣었다. 나는 어쩐지 변명을 한 것 같은 찝찝한 기분으로 마지막 과자를 집어 먹는다. 돌이 말을 할 줄 모르는 것인지, 말을 하고 싶지 않은 것인지 나는 모른다. 어떤 사람이 말을 하지 않는다고 해서 그 사람에게, 실례지만 당신 혹시 말할 줄 모르나요?라고 묻지는 않는다. 그런 사람이 있다면 그 사람이야말로 정신 병원에 처넣어야 옳다.

나는 얼마 지나지 않아 심리 상담가들을 대하는 데에 도가 텄고, 그들을 놀려 주는 것에 재미를 느끼게 되었다. 예를 들면, 나는 맛있는 디저트를 맨 나중으로 미루는 것과 같은 심리에서 아버지 이야기를 최대한 늦게 꺼냈다.

"저는 아버지의 얼굴을 몰라요. 제가 어머니 배 속에 있을 때 돌아가셨거든요. 사진 한 장 남아 있지 않답니다. 저랑 아주 닮았다고 하긴 하더군요. 그때도 맥도날드와 피자헛이 있었나 보죠?"

프로이트의 망령에 사로잡힌 심리 상담가들이 눈을 빛내는 소리가 들리는가? 개똥을 물고 있는 것 같은 표정으로 앉아 있던 그들이 이 얘기만 하면 어찌나 행복해하는지! 내가 다 뿌듯해질 정도였다. 그래서요? 아버지 얘기를 좀 더 해 보세요. 아버지가 그립지 않나요? 아버지 생각을 자주 하나요? 외동아들로서 어머니를 지켜야 한다는 강박 관념이 있나요?

참고로 말하자면, 우리 어머니야말로 자신을 지키는 데에 어떤 도움도 필요로 하지 않는 부류의 사람이다. 어머니는 예순 살이지만 아직도 유명 패션 잡지의 편집장으로 재직하고 있으며, 이천 년대 이후로 등장한 모든 것에 대해 나보다 많이 알고 있다. 어머니의 삶을 요약하면 다음과 같다. 애플 워치, 플라잉 요가, 비건 푸드, 샤넬의 프라이빗 패션쇼 맨 앞자리. 트위터, 페이스북, 인스타그램, 유튜브 폴로어를 합치면 서울시 인구수를 훨씬 넘는 데다 지난달에는 가장 영향력 있는 대한민국 여성 직업인 백 명 중 하나로 선정되어 크리스털 트로피를 받아 오신 내 어머니, 모두가 어머니를 존경한다. 게다가 어머니는 여전히 아름답기까지 하다. 나는 삼십 대 중반의 독신 남성이 자신의 어머니를 아름답다고 하는 게 요즘 어떤 의미로 들리는지 잘 알고 있다. 하지만 어머니는 객관적으로 아름답고 남편이 없다는 것조차 아무런 장애물이 되지 않을 만큼 멋진 여자다. 어머니의 유일한 단점은, 돌과 대화할 줄 아는 노총각 비만 아들이 있다는 것뿐이다.

　내 어머니에 대해 알고 나면 심리 상담가들은 잽싸게 노선을 바꾼다. 너무 뛰어난 어머니를 둔 게 괴롭지 않았나요? 어머니의 그늘에서 벗어나고 싶지는 않아요? 등등. 그러고는 오이디푸스 콤플렉스니, 젠더 역할이니 하는 것들을 설명하기 시작한다. 나에게 그런 개념들은, 비유하자면 내 지갑에 이십 년째 들어 있는 콘돔과도 같다. 분명히 존재한다는 건 알지만 왜 존재하는지는 도무지 알 수 없으며, 아마 내가 평생 써먹을 일이 없을 것이라는 점에서 그렇다.

　몇십 명의 심리 상담가들이 다녀가고 어머니가 그들을 위해 구운 브라우니가 백 접시를 넘었지만 나는 여전히 돌과 말을 할 수 있었다. 다만 나는 더 이상 그것을 아무에게도 말하지 않았고, 돌과 대화하고 싶을 때는 주변에 아무도 없는 것을 꼭 확인했다. 하지만 어머니가 내게 가끔씩 물을 때는 항상 솔직하게 말하는 쪽을 택했다.

"너, 아직도 돌멩이 친구들과 사귀니?"

"슬프게도 아직 절친한 사이네요."

어차피 거짓말을 해도 알아차렸을 테지만 나는 어머니께 거짓말을 하고 싶지 않았다. 이유는 모르겠다. 심리 상담가들은 이거야말로 내가 오이디푸스 콤플렉스라는 증거라고 주장할 수 있겠지만 말이다.

내가 처음이자 마지막으로 정신과를 찾았던 그때, 나는 망상 장애라는 진단을 받았다. 그날 집으로 돌아온 나는 인터넷에서 미국 정신 의학회가 제정한 정신 장애 진단 통계 편람에 따른 망상 장애의 기준을 찾아보았다. 그 첫 번째 항은 이랬다. '기괴하지 않은 망상일 것'. 나를 진찰한 의사가 나를 기괴하지 않다고 판단한 건 썩 나쁘지 않은 일이었다. 만약 일 항이 충족되었다면 나는 망상 장애가 아니라 조현병 진단을 받았을 테니까. 그렇다. 나는 기괴하지 않다. 그리고 기괴하지 않은 정신병은 사실 현대 사회를 살아가는 누구나 조금씩 가지고 있지 않은가. 입에 넣는 것마다 씹어 대거나 다리를 떨지 않으면 앉아 있지 못하는 사람들보다는 차라리 돌과 대화하는 편이 낫다. 훨씬.

내가 처음으로 돌과 대화한 건 열일곱 살 때의 일이었다. 그 시절 나는 거의 인간쓰레기나 다름없는 삶을 살고 있었다. 키와 거의 비슷한 숫자의 몸무게에 여드름투성이, 다른 스타일은 상상조차 해 본 적 없는 스포츠형 머리. 나는 공을 가지고 하는 어떤 운

동의 룰도 몰랐고 성적도 그저 그랬다. 유일하게 잘하는 건 이 상태가 머지않아 끝나리라는 것을 믿으며 아무렇지 않은 척하는 것이었다. 학창 시절에 주기적으로 두들겨 맞아 본 사람은 안다. 진짜 쪽팔린 건 맞았다는 사실 자체보다, 그 폭력이 자신에게 굉장히 큰 영향을 미쳤음을 티 내는 것이다. 나는 나를 괴롭히는 놈들을 무시하는 데 도사였다(라고 생각했다, 그 당시에는). 내 신발이 변기통에 들어가 있는 걸 폴터가이스트 현상이라고 생각하거나, 아무도 나와 같은 조가 되려 하지 않을 때면 내가 남들을 밀어내는 특수 능력을 가진 히어로라고 믿는 식이었다. 물론 큰 도움은 되지 않았다. 우주의 모든 불행이 나를 겨냥해서 날아왔고 나는 커다래서 맞기 쉬운 과녁이었다. 나는 아침에 눈을 뜨자마자 오늘이 빨리 끝나기만을 바랐고 내일 지구가 멸망하길 기도하며 잠들었다.

그러던 어느 여름날이었다. 나는 내 가슴을 주무르려는 양아치한 놈을 피해 학교 뒤쪽 주차장에 숨어 있었다(나는 비만인들의 영원한 동반자인 여성형 유방 증후군을 앓고 있었다). 날 구해 줄 수 있을 것 같은 사람은 적어도 이 지구에는 한 명도 없었고, 나는 그놈이 흥미를 잃고 딸딸이나 치러 집으로 가기를 기도했다. 하지만 그런 기도는 보통 이루어지지 않는다. 그놈이 나를 찾아내기까지는 얼마 걸리지 않았다.

"여기 있다! 젖소!"

녀석이 외쳤다. 나는 숨어 있었던 게 아니라 마침 거기에 굉장히 흥미로운 무언가가 있었던 것처럼 바닥에서 아무거나 주워 들고 자세히 들여다보는 척했다. 그건 내 자존심을 지키기 위한 마지막 발악이었지만 그저 나를 더 찌질하게 보이게 하는 것 외에는 아무런 효과도 없었다. 나는 곧이어 내 머리며 배로 녀석들의 주먹이 날아올 것을 알고 있었다. 그때 내 손아귀에서 그 소리가 들렸다.

"던져! 날 던지라고!"

이것저것 잴 것도 없었다. 나는 마법에 걸린 허수아비처럼 손에 든 것을 던졌고 그것은 날아가서 그놈의 이마 한가운데를 정통으로 맞혔다.

뭐, 믿지 않는대도 괜찮다.

그건 날카로운 돌멩이였다. 그놈은 네 바늘을 꿰맸고, 나는 고의로 머리를 가격한 게 아니었다는 걸 선생님과 어머니 앞에서 설명해야 했다. 물론 돌이 그러라고 했다고는 말하지 않았다. 어머니가 드디어 내가 남자다워졌다며 너무나 기뻐했기 때문이었다. 어머니는 앞으로도 저런 놈들이 괴롭히면 똑같이 해 주라고 했다.

그놈이 이마에 붕대를 감은 채로 학교에 돌아왔을 때 내가 죽도록 얻어맞았음은 말할 것도 없다. 그 사건 이후로 내 학교생활은 더욱 험난해졌다. 하지만 나는 그날 새로운 취미가 생겼기에 견딜 수 있었다. 나는 내 눈에 보이는 돌멩이라는 돌멩이는 모두 주워다 말을 걸었던 것이다. 저기요? 제 말이 들리나요? 제발 대답해 주세요. 저 들을 수 있어요. 제발.

그건 마치 지구에 마지막으로 남은 인간이 전 세계를 향해 쏘아 올리는 메시지와도 같았다. 다행히도 돌들은 내게 응답해 주었다. 물론 모든 돌이 대답해 준 건 아니었지만. 나는 새로운 친구들을 귀찮아질 만큼 많이 사귀었다. 나는 조금 대화를 나눠 보고 느낌이 안 온다 싶은 녀석은 그냥 다시 멀리 던져 버리는 방법으로 친구를 골랐다. 덕분에 내 호주머니는 항상 돌멩이들로 가득했다. 나는 이게 세상에서 가장 지독한 유년 시절을 보낸 사람에게 주어지는 초능력 같은 거라고 생각했다.

아이러니하게도, 친구들이 생기고 나서야 나는 내가 무진장 외로웠다는 사실을 깨닫게 되었다. 그 전까지는 내가 외로웠는지도 몰랐다. 내게 그것은 거창하게 이름을 붙일 필요도 없는 '평소의 상태'였으니까. 하루하루가 너무나 새로웠다는 건 말할 필요도 없다. '새 플레이스테이션 콘솔이 나왔대.' '난 울버린보단 그린 랜턴이 좋아.' 같은 얘기를 편하게 주고받을 수 있는 친구가 있다니, 그 전까지는 대체 어떻게 살아왔던 건지!

내 가장 오래된 친구는 스물세 살 때 만난 조면암이다. 진한 초콜릿색 바탕에 흰색 각섬석이 군데군데 박힌 모양이 아주 근사한 녀석이다. 얼핏 보면 어머니가 종종 굽는 비스코티 과자와 비슷해 스콧이라는 이름을 가진 그 돌은 내 현명한 조언자이자 재치 있는 절친이다.

스콧은 내가 돌들과 대화할 수 있다는 사실을 숨기는 게 좋겠다고 했다. 비범한 것은 드러내지 않을수록 좋다는 게 스콧의 조언이었다. 스콧의 말이 맞다. 스파이더맨도 배트맨도 평소에는 자기 능력을 숨기고 살아가지 않는가. 사람들은 자신과 다른 것, 새로운 것, 이해할 수 없는 것을 만났을 때 받아들이려고 노력하는 대신 무시하거나 경멸하곤 한다. 나도 굳이 그들에게 이해받고 싶은 생각은 없었다. 내 세계는 나와 스콧, 그리고 사흘에 한 번씩 라지 사이즈 슈림프피자와 코카콜라를 배달해 먹는 것이면 충분히 완성되었으니까 말이다.

아마 지난번 치료 후 누군가가 방이 너무 덥다고 불만을 제기한 모양이다. 오늘 치료실 안은 적당히 시원했다. 지난번엔 둘러앉을 수 있도록 둥글게 배치되어 있었던 책상과 의자는 이제 둘씩 짝지어져 놓여 있었다(병원은 항상 환자들을 원하는 대형으로 앉힐 수 있는 가장 쉽고 강력한 방법을 알고 있다). 내 옆에 앉은 사람은 아주 훤칠하고 키가 큰 남자였다. 이 방 안에서는 그나마 제일 정상적으로 보였다. 나는 그와 통성명을 막 끝낸 참이었다. 남자는 자신을 '쿠커'라고 소개했다.

"쿠커요? 요리를 좋아하시나 보죠?"

내 질문에 남자는 과장되게 웃었다. 나는 어깨를 움츠렸다(감정 표현 과잉은 정신 질환자들의 특징이다).

"아뇨, 쿠커는 제가 좋아하는 로봇입니다. 혹시 「월리스와 그로밋」을 아시나요?"

"찰흙으로 만든 애니메이션이요? 어릴 때 봤던 것 같은데."

나는 「월리스와 그로밋」에 멍청하게 생긴 개가 나온다는 것 말고는 아는 것이 없었다. 그런데 남자는 내가 「월리스와 그로밋」을 안다는 사실만으로도 너무나 기뻐하며 진짜 미친 사람처럼 날뛰기 시작했다.

"맞아요! 영국에서 만든 클레이 애니메이션이죠. 월리스가 사람, 그로밋이 개. 거기 쿠커가 나와요! 로봇 쿠커! 기억나세요?"

"미안합니다만, 그렇게 자세히는 기억나지 않네요."

물론 전혀 미안하지 않았다. 나는 오늘치 치료 시간인 두 시간을 일 초라도 더 빨리 흘러가게 하는 데에 온 신경을 집중하고 있었다. 내 하루의 십이분의 일을 이런 무의미한 일로 보내야 한다니. 집으로 돌아가고 싶었다. 해야 할 일이 산더미였다. 다음 주의 별자리 운세도 아직 황소자리까지밖에 지어내지 못했고, 어머니가 퇴근하기 전에 건조기에서 빨래를 끄집어내 정리해야 했으며, 그 일들이 끝나고 나면 스콧에게 지난했던 오늘 하루에 대해 토로하며 정신을 쉬게 할 시간도 필요했다. 게다가 내일은 여행을 갈 계획이었으므로 짐도 싸 두어야 했다. 몇 달 전 우연히 적철석이 많을 것 같은 강둑을 발견해 눈여겨 두었었다. 철이 섞인 돌들은 예민하고 사려 깊으니 스콧과도 좋은 친구가 되어 줄 것이다. 그런데 갑자기 남자가 내 손을 덥석 잡았다. 나는 깜짝 놀라 남자에게 주먹을 날릴 뻔했다.

"정말 반갑네요. 「월리스와 그로밋」을 좋아하시는 분은 저 말고 처음 보거든요. 지난번에 소개하실 때부터 느낌이 좋았는데 이

렇게 인연이 되네요. 친하게 지냈으면 좋겠어요. 저도 이 근처 살
아요."

나는 「월리스와 그로밋」을 안다고만 했지 좋아한다고 말한 적
은 없었다. 잡힌 손을 비틀어 빼며 막 그 점을 지적하려는데, 치료
사가 내 등 뒤로 다가왔다(치료사들은 필요할 때면 언제든지 발걸
음 소리를 전혀 내지 않고 걸어 다닐 수 있다).

"와! 두 분, 벌써 많이 친해지셨네요. 좋아요. 그렇게 시작하는
거예요. 어색한 건 처음뿐이죠?"

남자가 무슨 대단한 칭찬을 받은 양 활짝 웃었고, 치료사도 마
주 웃었다. 정신 병원 광고에라도 나올 법한 장면이었다. 나는 온
몸에 소름이 오싹 돋고 말문이 막힌 채로 나머지 시간 내내 남자가
「월리스와 그로밋」에 대해 떠드는 것을 들을 수밖에 없었다. 「월
리스와 그로밋」에는 총 다섯 개의 에피소드가 있으며 로봇 쿠커가
등장하는 건 그중 첫 번째 「화려한 외출」이고 자신은 그 에피소드
를 천 번은 넘게 보았다는 것, 괴짜 발명가 월리스가 치즈로 된 달
을 맛보기 위해 우주선을 개발한 이야기와 치즈 달에 살면서 그곳
을 보호하는 로봇 쿠커에 대해서…….

"네, 기억나요. 정말 재미있었죠."

내가 한 말은 이게 다였지만, 남자는 내가 그의 얘기에 아무런
흥미도 느끼지 못한다는 걸 전혀 깨닫지 못하고 계속 떠들었다.
치료사가 사람들 사이를 뱀처럼 지나다니며 가끔 대화에 끼어들
거나 주의 깊게 듣는 척하는 것도 매우 거슬렸다. 나는 기분이 점

점 나빠졌다.

끝날 시간이 되어 갈 무렵 남자가 내 전화번호를 물어보았을 때, 그날의 끔찍함은 절정에 다다랐다.

"오늘 정말 재미있었어요. 메시지 보내도 되죠? 맥주 마시기 좋은 펍을 알아요."

내 번호가 찍힌 휴대폰을 가방에 집어넣으며 남자가 말했다. 오늘 가슴 주머니가 달린 셔츠를 입은 건 현명한 일이었다. 주머니 속에서 스콧이 '진정해. 그냥 미친놈일 뿐이잖아.'라고 속삭여 주지 않았다면 나는 그를 흠씬 두들겨 팬 뒤 이 병원 전체에 불을 질렀을 것이다. 스콧, 현명한 내 친구.

그런데 비극은 그게 끝이 아니었다. 그날 밤, 내가 여행 가방에 모자를 욱여넣고 있을 때 갑자기 전화벨이 울렸다. 나는 그게 잡지사에서 온 전화일 거라고 생각했다. 그 시간에 전화를 걸 만한 족속들은 잡지 편집자 외에는 없으니까. 그런데 아니었다.

"여보세요! 저 쿠커입니다! 혹시 주무시고 계셨나요!"

마치 우주 끝에서 다른 끝에다 말하는 것처럼 소리를 꽥꽥 질러 대고 있는 그 정신병자가 누구인지 기억해 내자마자 나는 다시 기분이 나빠졌다.

"아뇨, 그런데 무슨 일이시죠?"

"그냥요. 혹시 지금 바쁘신가요? 안 바쁘시면 맥주 한잔 어떠세요?"

"아, 죄송하지만 정말 바쁩니다. 너무 바쁘네요. 너무. 눈코 뜰

새가 없어요."

"그래요? 뭘 하고 있는데요?"

여기까지 대화했을 때 전화를 끊었어야 했다. 하지만 그때 어머니가 건조기에 말린 내 팬티를 들고 방에 들어왔다. 어머니는 내가 이 시간에 누군가와 전화를 하고 있는 걸 보고 상당히 놀라신 것 같았다. 쿠커의 목소리는 재난 상황을 알리는 스피커처럼 수화기 너머로 또렷하게 새어 나왔기 때문에 어머니는 굳이 엿들을 필요도 없었다.

"어…… 여행 갈 준비를 하고 있어서요. 챙겨야 할 게 너무 많네요. 정신이 없어요."

"여행이요? 어디로요? 와! 참 좋은 일이네요. 요즘 날씨가 완전 여행 가기 좋은 날씨죠!"

"어…… 음…… 물가로 좀 가 볼까 해요. 좋은 곳이 있어서요."

"좋네요! 물! 저도 마침 물가로 가고 싶었어요. 낚시를 좋아하거든요. 혹시 동행 있으신가요?"

나는 어머니의 얼굴을 보지 않으려고 애썼지만, 어머니의 눈썹이 치켜 올라가는 소리를 똑똑히 들은 것만 같았다. 어머니는 너무 놀라서 내 팬티를 내려놓는 것조차 잊어버렸을 지경이었다. 정신병자, 고도 비만, 모태 솔로인 내 아들과 같이 놀고 싶어 하는 사람이 있다니!

"여보세요? 여보세요?"

쿠커, 어머니, 쿠커, 어머니, 극도의 압박감을 느끼는 상황에서는 흔히들 가장 나쁜 결정을 내리고 만다. 인간은 모두 그렇게 설계되어 있다. 그저 땀을 뻘뻘 흘리며 자신이 일을 최악의 상황으로 몰아넣는 걸 지켜보는 수밖에는 없는 것이다.

"볼만하겠군."

가슴 주머니 속에서 스콧이 낮게 중얼거렸다.

날씨는 더 맑을 수 없이 맑았고, 바람은 더 시원할 수 없이 시원했다. 내 짐작대로 이 강가의 돌은 대부분이 철을 포함하고 있었다. 날카롭게 조각난 붉은 돌들이 사방에 깔려 있는 풍경은 장관이었다. 형편이 된다면 근처에 숙소를 구해 묵으며 여유롭게 둘러보고 싶을 정도였다.

"와! 진짜 멋있네요! 그런데 왜 이 돌들은 빨간색이에요?"

뒤에서 새끼 새처럼 졸졸 따라다니는 쿠커만 없었다면 이 여행은 내게 올 하반기의 가장 즐거운 기억으로 남았을 것이다. 인터넷에 '아무도 모르게 사람 죽이는 법' 따위를 검색할 필요가 없는 쾌적하고 조용한 여행.

"지층 연구가 취미라니 정말 근사하시네요! 완전 쿨! 혹시 제가 방해가 되는 건 아닌지 모르겠어요. 저는 저쪽에서 낚시할 만한 곳을 찾아볼게요. 낚시는 항상 자리가 중요하거든요. 좋은 자리를 찾으면, 거기서 몇 시간이고 기다리는 거죠. 물고기를요. 가끔 이상한 게 낚이기도 하지만."

쿠커는 바보 같은 웃음을 짓고는 돌아서서 약간 떨어진 곳으로 걸어갔다. 그는 자기 키와 비슷한 크기의 검은 낚시 가방을 메고 한 손에는 커다란 뜰채를 들고 있었다. 뾰족한 돌 위로 비틀거리며 걸어가는 쿠커의 뒷모습은 가련할 만큼 정신병자 같아 보였다 (물론 앞모습도 마찬가지였다).

쿠커가 작게 보일 만큼 멀어지자, 나는 쿠커에게서 등을 돌린 채 드디어 작업에 착수했다. 어려울 건 하나도 없다. 그 자리에 앉아 첫 번째로 눈에 띄는 돌부터 집어 올려 시작하면 된다.

"안녕, 내 말 들리니? 들리면 대답해 주렴."

돌은 대답이 없었다. 하지만 나는 실망하지 않았다. 이 일에 가장 필요한 덕목은 오래 쭈그려 앉아 있을 수 있는 강한 무릎, 그리고 인내심이다. 처음 한 번의 시도에 실패했다고 해서 포기했다면 인류는 여기까지 발전하지 못했을 것이다. 나는 돌이 대답할지 말지 결정할 수 있는 충분한 시간 동안 사려 깊은 눈길로 녀석을 바라본 후, 원래 있던 자리에 조심히 내려놓았다. 자, 그리고 다음.

"안녕? 대답해 줄래? 난 네 말을 들을 수 있어."

"안녕? 들리니? 아, 이쪽은 내 친구 스콧이야."

"날씨가 참 좋지? 난 멀리서 왔어."

같은 말을 몇 번이나 반복했지만 하나도 지루하지 않았다. 인간들의 사교 파티나 만찬이 이렇게 재미있었다면 얼마나 좋았을까. 열다섯 번째에 드디어 내 말에 대답하는 녀석을 만나자, 나는 기뻐서 소리를 지를 뻔했다. 게다가 녀석은 암석 표본으로 전시해도 좋을 만큼 멋진 적철석이었다!

"지금 내가 사람하고 얘길 하고 있는 건가?"

녀석의 목소리는 낮고 굵었다. 약간의 경계심이 느껴지긴 했지만 기본적으로 섬세하고 상냥한 친구들만이 갖고 있는 목소리였다.

"오, 안녕! 대답해 줘서 정말 고마워. 얼마나 기쁜지 몰라. 우린 여기서 좀 떨어진 도시에서 왔어. 반가워. 넌 참 잘생겼구나."

"여기 오래 있었지만 말하는 인간을 본 건 처음이야. 별일도 다 있군."

"모두가 할 수 있는 건 아니야…… 사실은 나 혼자뿐이지."

"호오, 그래. 재미있군, 재미있어."

사실 별로 재미있는 대화는 아니었다. 하지만 나는 상당히 흥분해 있었고 스콧도 그랬다. 새 친구를 만나는 건 우리 둘 다 오랜만이었고 날씨는 너무 좋았으며 아직 말을 걸어 보지 못한 돌들이 아주 많이 남아 있었다.

"여긴 지내기 좀 어때?"

"뭐, 매일 똑같지. 해가 잘 들어서 좋은데 가끔 비가 오면 물이 넘치기도 해."

"흙탕물에 잠기는 거 진짜 싫지."

스콧이 말을 보탰다. 친구를 고르는 데 꽤 까다로운 편인 스콧도 이 친구가 마음에 든 것 같았다. 돌들은 단순하고 솔직하기 때문에 조금만 대화를 나눠 보면 금방 성향을 파악할 수 있다. 우리는 편안하게 앉아 잠시 그 친구와 담소를 나누었다. 강, 햇빛, 새 친구와 오래된 친구. 나는 오늘 하루가 시작된 후 처음으로 얼간이 쿠커에 대한 것을 거의 잊어버렸다.

어딘가에서 둔탁한 소리가 들려온 건 그때였다. 풍덩 하는 소리가 먼저였는지 비명 소리가 먼저였는지는 잘 기억나지 않지만, 어쨌든 나는 뒤를 돌아보았고 강 위에 커다란 물보라가 일어난 것을 보았다.

"무슨 일이지?"

스콧이 의아한 목소리로 물었다. 나는 손차양을 하고 눈을 찌푸린 채 그쪽을 바라보았다.

"살려 주세요! 살려 줘!"

그 소리를 듣기도 전에 나는 그쪽으로 달려가고 있었다. 쿠커였다. 쿠커가 강 중간쯤에서 허우적거리고 있었다!

"거기 가만히 있어요!"

나는 달려가며 소리쳤다. 물론 쿠커는 가만히 있지 않았다. 그랬다간 가라앉고 말 판이었으니까. 잔뜩 겁에 질린 쿠커의 얼굴이 물에 잠겼다 드러났다 하며 조금씩 하류 쪽으로 떠내려가고 있었다. 나는 신발을 벗을 새도 없이 풍덩풍덩 강으로 들어갔다.

"내 손 잡아요!"

내가 손을 내밀자 쿠커는 기다렸다는 듯이 내 손에 엉겨 붙었다. 그런데 물에 푹 젖은 쿠커는 생각보다 무거웠고 발바닥이 미끌,한 순간 나도 중심을 잃고 물속에 쓰러지고 말았다. 거센 물살이 기다렸다는 듯이 두 번째 희생자를 휩쓸었다.

"아악!"

우리는 한 덩어리로 엉킨 채 흙탕물 속에서 발버둥을 쳤다. 문득 글쓰기 치료 첫 시간에 수영 치료를 선택할걸 하고 후회했던 일이 언뜻 머릿속을 스쳐 갔다. 그랬으면 이 멍청한 놈과도 만날 일이 없었을 텐데……. 하지만 대부분의 후회가 그렇듯이 아무 소용도 없었다.

엄청나게 오래 허우적댄 것 같았지만 실제로는 오 분도 지나지 않았다. 정신을 차려 보니 나와 쿠커는 돌투성이 강가에 몸을 꼬부린 채 두 개의 고무호스처럼 물을 토해 내고 있었다.

"미안해요."

한참 동안 숨을 고른 쿠커가 기어들어 가는 목소리로 말했다.

"미쳤어요? 거긴 왜 들어가요?"

매섭게 쏘아붙이자(미친 사람에게 미쳤냐고 묻는 건 생각보다 재미있는 일이었다) 쿠커가 물에 젖은 비스킷 같은 꼴로 웅얼거렸다.

"정말 미안해요. 낚싯바늘이 하필 거기 걸려서."

하마터면 저 멍청이와 저승길까지 함께 갈 뻔했다니! 소름이 오싹 끼쳤다. 쿠커가 흠뻑 젖은 셔츠를 벗자 허여멀건 상체가 드러났다. 저 등짝을 한 대 시원하게 걷어차고 싶었다. 달리기만 빨랐어도 걷어차고 튀었을 텐데. 그런 생각을 하며 나도 셔츠를 벗어 물기를 짜려고 할 때였다. 뭔가 이상했다.

스콧!

스콧이 없었다! 스콧이 들어 있던 셔츠 앞주머니가 텅 비어 있었다. 묵직하게 느껴지던 무게감도 없었다. 게다가 스콧이 없어진 게 언제부터였는지도 전혀 알 수가 없었다.

"쿠커, 혹시 스콧 못 봤어요?"

"예?"

"돌이요. 내 주머니에서 돌 떨어지는 거 못 봤냐구요!"

쿠커는 대답 대신 내 얼굴을 가만히 쳐다보았다. 정적. 쿠커의 머리카락에서 물이 뚝뚝 떨어졌다. 쿠커는 아무 말도 하지 않았다. 하지만 나는 쿠커의 생각을 읽을 수 있었다. '저 불쌍한 사람, 멀쩡한 것 같더니 기어이 병이 도졌군.' 쿠커를 죽여 버리고 싶었다. 하지만 방법이 없었다. 쿠커는 나보다 키도 크고 힘도 세 보였으며 내게는 이렇다 할 무기도 없었다. 게다가 쿠커를 죽이는 것보다 스콧을 되찾는 게 먼저였다. 나는 침착하려고 노력했다.

"뛰어오면서 중요한 걸 떨어뜨렸어요. 같이 좀 찾아봐 줘요. 손바닥 반만 하고 초콜릿색에 흰색 점이 박힌 돌이에요."

쿠커는 천천히 고개를 끄덕였다. 하지만 전혀 심각하게 생각하지 않는 눈치였다. 내 말을 이해한 건지도 알 수 없었다. 그러거나 말거나, 나는 돌아서서 바닥을 샅샅이 뒤지기 시작했다.

"스콧! 스콧! 들리면 대답해! 제발!"

그러나 스콧의 목소리는 어디에서도 들리지 않았다.

"스콧! 제발!"

바닥을 기어다니며 이 잡듯 뒤졌지만 스콧은 없었다. 그때 끔찍한 생각이 머리를 스쳤다. 혹시 물에 빠뜨린 건 아닐까? 나는 나도 모르게 고통스러운 소리를 내지르고는 돌투성이 바닥에 머리를 대고 울기 시작했다. 스콧은 차가운 물, 특히 흙탕물이라면 질색을 하는 녀석이었다. 저 머저리 같은 놈을 구하느라 그런 곳에 스콧을 내던지다니!

"저기, 괜찮아요?"

쿠커가 다가와 머뭇머뭇 내 어깨에 손을 얹었다. 나는 손을 거칠게 뿌리쳤다. 쿠커를 죽여 버릴 수 있다면 뭐든지 할 수 있을 것 같았다. 세상에서 가장 고통스럽고 잔인한 방법으로 죽이고 싶었다.

"미안해요."

쿠커가 작게 말했지만 전혀 귀에 들어오지 않았다. 나는 필사적으로 스콧을 구할 방법을 생각하고 있었다. 방법이 아예 없는 건 아니었다. 지금 당장 차에 가서 휴대폰을 가져와, 잠수부를 부르면 된다. 넓지도 깊지도 않은 강이니 어렵지 않게 찾을 수 있을 것이다. 잠수부들은 프로다. 가라앉은 돌 하나 찾는 건 일도 아니다. 차근차근 생각하자. 스콧은 이 근처에 있을 것이다. 지금 이 장소를 절대 놓치면 안 된다.

"쿠커, 여기 가만히 서 있을래요? 차에 가서 휴대폰 좀 가져올게요. 절대 움직이면 안 돼요."

쿠커의 어깨가 덜덜 떨리고 있었다. 울고 있는 것 같았다.

"미안해요. 미안해요. 나 때문이에요. 내가 잘못했어요."

"아니, 됐고 그냥 여기 가만히 서 있으라고요."

그러자 쿠커는 큰 소리로 흐느끼며 외쳤다.

"치료사님께 얘기 들었어요. 돌이랑 대화할 수 있다면서요? 지금 잃어버린 돌도 당신 친구죠? 정말 미안해요. 난 당신 말 다 믿어요. 정말 미안해요. 당신 친구를 찾을 수 있다면 뭐든지 할 게요."

그 순간 내가 차로 달려가려던 발걸음을 멈춘 이유는 무엇이었을까. 비록 녹아내린 아이스크림 같은 꼴을 한 정신병자였지만, 생전 처음으로 나를 믿는다고 말하는 사람을 만났기 때문일까? 아니면 그냥 쿠커가 거기서 조금이라도 움직일까 봐 겁이 났던 걸까?

"정말 미안해요. 난 이해해요. 다 이해한다고요."

지금이라도 쿠커의 다리를 부러뜨려 여기서 움직이지 못하게 만들어야 할지, 아니면 빨리 차로 달려가는 게 좋을지 혼란스러웠다. 지금 이 순간에도 스콧은 물 밑에서 괴로워하며 하류로 데굴데굴 굴러가고 있을지도 몰랐다.

한편 쿠커는 이제 자리에 쭈그려 앉아 통곡을 하고 있었다.

"다 알아요, 다 이해한다구요."

뭘 알고 뭘 이해한다는 건지는 잘 모르겠지만, 어쨌든 스콧을 구하는 게 먼저였다. 나는 차로 달려갔다. 쿠커에게 거기 그대로 가만히 있으라고 소리치면서. 그러지 않아도 쿠커는 한 발짝도 걷기 힘들어 보일 만큼 심하게 울부짖고 있었다.

스콧이 레몬 향이 나는 따뜻한 거품 물 속에 반쯤 잠긴 채로 말했다.

"정말 긴 하루였어, 친구."

나는 방금 치즈크러스트피자를 크게 한 입 베어 물었기 때문에 그냥 고개만 끄덕였다.

스콧의 말마따나 정말 긴 하루였다. 잠수부가 오길 기다리는 데 오백 년쯤 걸렸고, 그 잠수부에게 스콧의 외양을 설명하는 데 다시 오백 년이 걸렸으며, 그냥 여기 널린 다른 돌들을 주워 가면 되지 않느냐는 잠수부의 말이 왜 개 같은 헛소리인지 설명하는 데 이천 년이 걸렸다. 그 밖에 수십만 번의 시행착오가 있었지만("이거예요?" "아뇨, 전혀 달라요. 하얀 점이 있다고 말했잖아요!") 결국 그 덜 떨어진 잠수부는 십 미터쯤 떨어진 강바닥에서 스콧을 찾아냈다. 도합 삼천 년이 흐르는 동안 내가 걱정과 불안으로 폭삭 늙어 버린 건 당연했다. 나를 예전의 건강한 삼십 대로 되돌려 놓을 수 있는 것은 단 하나였다. 내 방에 들어가 문을 잠그고, 스콧과 함께 피자를 먹는 일.

"정말 너를 잃는 줄 알았어."

내가 말하자 스콧이 킥킥 웃었다.

"오, 그런 끔찍한 소리 하지도 마. 그 밑은 정말 최악이었다구."

"그래, 그랬을 거야."

잠수부의 출장비는 쿠커가 지불했다(그 잠수부는 나이를 먹을 만큼 먹은 두 남자가 돌을 끌어안고 우는 꼴을 힐끔거리며 떠났다).

내가 수건으로 스콧을 잘 닦아 주는 동안, 쿠커는 내 주변을 맴돌며 내 눈치를 살폈다.

"저어, 당신 친구한테 날 소개해도 될까요? 그래도 돼요?"

스콧을 되찾은 기쁨에 분노를 일 퍼센트쯤 잊어버린 탓이었을까, 나는 쿠커에게 스콧을 만져 볼 수 있도록 허락했다. 그러자 쿠커는 조심스럽게 스콧을 손바닥 위에 올려놓고 말했다.

"안녕하세요, 스콧. 저는 쿠커라고 해요."

스콧이 대꾸했다.

"이 친구 꼴이 말이 아니군. 뭐랄까…… 꼭 정신병자 같아."

나는 웃음을 터뜨렸다. 그러자 쿠커가 눈을 동그랗게 뜨고 물었다.

"뭐래요? 뭐라고 했어요?"

"아, 스콧도 반갑다는군요. 앞으로 잘 지내보자고 하네요."

쿠커도 바보처럼 활짝 웃으며 대답했다.

"저도 잘 부탁해요! 스콧, 당신은 정말 좋은 사람, 아니 좋은 돌이에요!"

그리고 우리는 차를 타고 집으로 돌아왔다. 돌아오는 내내 우리 셋은 여자, 철학, 만화, 뭐 이런 것들에 대해서 이야기를 나누었다. 주로 쿠커가 떠들었고 나는 스콧의 대답을 쿠커에게 전해 주는 식이었다. 물론 스콧의 신랄한 빈정거림을 전부 곧이곧대로 전하지는 않았지만.

내 차가 도시 근처로 접어들었을 즈음이었다.

"이제 우리가 썩 친해졌다고 생각해서 얘기하는 건데요."

쿠커가 자못 진지한 표정으로 말했다.

"제가 왜 치료 센터에 다니는지 궁금하지 않으셨나요?"

솔직히 말하자면, 전혀 궁금하지 않았다. 하지만 쿠커는 대답을 기다리지 않고 말을 계속했다.

"「월리스와 그로밋」, 그걸 처음 본 건 여덟 살 때였어요. 그날 밤 꿈을 꾸었죠. 치즈로 된 달로 날아가는 꿈을요. 꿈이 얼마나 생생했던지 다음 날 밤까지 계속 그 꿈 생각만 했어요. 정말 꿈이었을까? 전 창문을 활짝 열었어요. 마침 보름달이 무진장 밝게 떠 있었고, 뭔가에 홀린 듯이 전 창틀을 딛고 달을 향해 뛰었어요. 떨어져서 곤죽이 되었어야 할 제 몸은 둥실둥실 떠올라 날았죠. 오로라 색으로 반짝이는 먼지를 뒤로 길게 뿌리면서, 달을 향해서요. 모든 게 편안했어요. 마치 예전부터 날 수 있었는데 그걸 이제야 깨달은 기분이었달까."

"이 친구, 제대로 미쳤구먼."

스콧이 말했다. 그 말을 쿠커에게 전달하지는 않았지만 나도 정확히 같은 생각을 하고 있었다. 나는 내비게이션을 조작하는 척하면서 쿠커의 시선을 피했다.

"달에 닿기까지는 얼마 걸리지 않았어요. 달은 「월리스와 그로밋」에 나온 그대로였죠. 정말로 치즈로 되어 있었어요. 표면부터 중심까지, 전부 다요. 고다, 에멘탈, 콩테, 체다, 아무튼 상상할 수 있는 모든 종류의 치즈가 다 있었죠. 전 실컷 먹었어요. 그리고 돌아오니 날이 밝아 있었죠."

"……그랬군요."

"그 뒤로 몇 가지 사실을 알게 됐어요. 달에 날아갈 수 있는 건 보름달이 뜨는 날뿐이라는 것, 달의 치즈는 가지고 돌아올 수 없다는 것, 그리고 이런 얘기를 남에게 하면 미친놈 취급을 받는다는 것도요. 물론 말을 하진 않았어요. 하지만 보름달이 뜨는 밤마다 설명해야 했죠, 대체 내가 어디로 사라지는 건지를. 결국 아버지가 저를 센터로 보낸 거예요."

쿠커가 코를 훌쩍였다. 나는 뭐라고 대답해야 할지 몰라 목을 가다듬었지만 초콜릿 바가 갈라지는 것 같은 이상한 소리만 났을 뿐이었다. 아주 조금은 쿠커를 이해할 수 있을 것 같기도 했고, 동시에 미친 소리 좀 그만하라고 소리치고 싶기도 했다. 사실 지금까지도 내가 뭐라고 하고 싶었는지 잘 모르겠다. 다만 생각나는 건 차 창문에 대고 잘 가라며 손을 흔드는 쿠커의 모습이 가련할 만큼 얼간이 같았다는 것뿐이었다.

"스콧, 넌 쿠커가 한 얘기 어떻게 생각해?"

스콧이 나른하게 대답했다.

"뭘 생각해. 그냥 단단히 미친놈이구나 싶었지."

"하긴."

나는 다 먹은 피자 상자의 뚜껑을 닫아 침대 밑에 잘 숨겼다. 창문을 열어 피자 냄새를 빼는 것도 잊지 않았다. 곧 어머니가 돌아올 시간이었다. 오늘 여행은 어땠냐고 물으면 환상적으로 즐거웠다고, 새 정신병자 친구를 사귀었다고 이야기할 작정이었다.

"엄마, 그 친구는 달로 날아갈 수 있대요! 멋지죠? 저보다 더 미쳤다니까요!"

창문으로 시원한 밤공기가 밀려 들어왔다. 벌써 밤이 깊어 하늘 한가운데에 둥근 달이 걸리고, 그 주변으로 별들이 반짝이고 있었다. 배가 부른 탓인지 갑자기 엄청나게 피곤했다.

"야 스콧, 저 둥그런 달을 보니까 갑자기 와플이 먹고 싶은데."

막 농담을 한 순간, 나는 너무나 놀라 먹은 것을 모두 토해 낼 뻔했다. 이상한 광경을 보았던 것이다. 저 멀리 달빛을 받아 또렷하게 드러난 검은 형체가 로켓처럼 밤하늘로 솟아오르고 있었다. 멀리서 보아도 알아볼 수 있을 만큼 분명했다.

"스콧, 저거 보여?"

나는 스콧을 목욕물에서 끄집어내어 창가로 달려갔다. 하지만 스콧에게 물어볼 것도 없었다. 길고 반짝이는 혜성 같은 꼬리를 뒤로 남기며 날아가는 그것은 분명 쿠커였다. 쿠커가 날고 있었다, 똑바로, 곧게, 달을 향해서. 나는 얼이 빠진 채로 그 모습을 바라보았다. 내가 진짜 미친 걸까, 정신병자와 함께 있었더니 정신병이 옮은 걸까, 아니, 이게 대체 어떻게……

"스콧, 스콧, 너도 저게 보여?"

나는 눈으로 쿠커를 쫓으며 소리쳤다. 그런데 스콧은 대답하지 않았다.

"스콧?"

되물었지만 여전히 대답은 돌아오지 않았다. 스콧은 그저 내 손아귀 안에서 조용하고 차갑게 식어 가고 있을 뿐이었다.

"스콧? 이봐, 친구?"

나는 창가에 멍청하게 서서 쿠커와 스콧을 번갈아 바라보았다. 점점 멀어지는 쿠커가 마침내 달 속으로 사라지고, 그가 남긴 빛의 꼬리마저 흐릿하게 지워질 때까지.

강석희

2018년 『동아일보』 신춘문예에 단편 소설 「우따」가 당선되며
작품 활동을 시작했다. 소설집 『우리는 우리의 최선을』,
『A군의 인생 대미지 보고서』(공저), 장편 소설 『꼬리와 파도』를 썼다.
창비교육성장소설상을 수상했다.

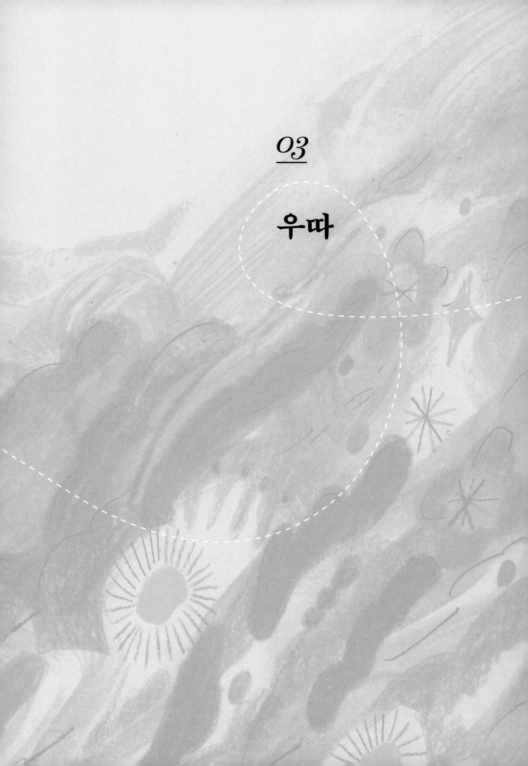

03

우따

우따는 우따였다. 제임스 T. 우드를 왜 우따라고 부르기 시작했는지 이유는 기억나지 않는다. 방과 후 운동장에서 캐치볼을 하다가 문득, 저 아이를 우따라고 불러야겠다, 생각했던 것까지가 내 기억의 전부다.

그날도 나는 그 애를 우따라고 불렀다. 우따의 집에서 비디오와 만화책을 보고, 함께 피자를 시켜 먹고, 마지막 조각 하나를 서로 먹겠다고 티격태격했다. 그러니까,『지각의 현상학』과『존재와 시간』을 베고 누워 아기 같은 얼굴로 낮잠을 자던, 블라인드 사이를 비집고 들어온 햇빛 줄기에 얼굴을 찡그리던 우따의 머릿속에 누군가를 죽이려는 생각이 들어 있었다는 건 아무래도 상상할 수 없었다.

우따가 경찰차를 타고 떠난 지 정확히 1년이 지났을 때, 우따를 만나는 일을 더 미룰 수 없다고 생각했다. 그것은 그때까지의 내 인생에서 가장 큰 용기를 낸 결정이었다. 버스를 두 번 갈아타고 교도소에 가는 동안 몇 번이나 발길을 돌리고 싶었지만, 지금이 아니면 영영 우따를 볼 수 없을 것이라는 예감이 나를 앞으로 걷게 했다. 교도소에 도착해서 우따를 기다리는 동안 온몸이 떨렸다. 왼손을 붙잡으면 오른 다리가 떨리고, 오른 다리를 붙잡으면 어깨가 말썽이었다. 내가 알던 우따가 더는 세상에 없을까 봐. 그날의 우따만이 남아서 나와 마주 보게 될까 봐. 그런 것이 두려웠다.

꽃장식

우따를 처음 만난 건 2000년도의 일이었다. 뉴 밀레니엄이라는 말에 전 세계가 묘한 흥분 상태에 빠져 있던 때였다. 내가 살았던 파리도 예외는 아니었다. 당시의 나는 근 1년 동안 지구 종말에 대한 여러 가지 시나리오에 사로잡혀 마음고생하고 있었다. 그중에서 나를 가장 두렵게 한 것은 적그리스도가 파나마에 나타나 온 세상을 불바다로 만든다는 이야기였다. 그런 건 내가 어떻게 해 볼 방법이 없는 일이니까 매일 밤 공포에 떨며 잠을 설쳤다.

새해가 되고 겨울 방학이 끝날 때까지 밀레니엄 버그도, 그랜드 크로스도, 가장 무서웠던 적그리스도의 출현도 일어나지 않았다. 조금 맥이 풀리는 기분이었지만 감사하는 마음이 들었다. 나도 이 세상 사람들도 조금 더 살아도 되나 보다. 교회에서 듣던 구원이라는 것을 받은 것 같았다. 우따가 전학을 온 건 그 무렵이었다.

영국 리버풀에서 온 제임스 T. 우드라고 짤막한 소개 인사를 마친 우따는 성큼성큼 걸어와 비어 있던 내 옆자리에 앉았다. 우리가 제대로 된 대화도 나누기 전에 반 아이들은 우리를 한 무리로 묶었다. 반에서 유일한 아시아인이었던 나와 유일한 아프리카계였던 우따를 '아아아미(AAami)'라고 부르기 시작한 것이었다. 개미가 등산을 갔는데 알고 보니 거기가 아기 엉덩이였다더라 하는 내용의 동요에서 따온 멜로디까지 붙여 불렀다. 묘한 뉘앙스가 느껴졌지만 왠지 싫지가 않았다. 우따가 좋아서였다. 우따는 좋은 향기를 내며 간결하게 움직였다. 그 몸동작들이 아주 매력적이어서 단 하루, 아니 고작 몇 시간 나란히 앉았을 뿐인데도 거부할 수 없이 우따를 좋아하게 되었다. 그래서 우따가 나와 같은 무리로 묶이는 게 싫으면 어떡하나 걱정이 되었다. 반 아이들이 우리 옆을 지나며 노래를 부를 때 우따는 빙긋 웃을 뿐 딱히 반응이라고 할 만한 것은 보이지 않았다. 나는 꽤 조급한 마음이 되었지만 우따의 생각을 물어볼 수는 없었다.

학교를 마치고 집에 가려는데 우따가 나를 자신의 집으로 초대했다. 어떤 이유에서인지 우따는 혼자 살고 있었는데 파리에 온 첫날부터 혼자 저녁을 먹기는 싫다고 했다. 나는 기뻤지만 티 내지 않으려 노력하면서 따라나섰다.

"파리에는 왜 혼자 온 거야?"

내가 물었다.

"할아버지가 보내 주셨어."

우따는 그렇게 말하고 옅은 미소를 지었다. 질문에 대한 정확한 대답은 아니었지만, 더 물을 수가 없었다. 우따가 지은 미소가 그렇게 만들었다. 그 얼굴은 아주 어른스러워 보였다. 그런 생각이 들자 우따가 갑자기 크게 보였다. 현관문에 열쇠를 꽂는 모습, 가방을 책상 의자에 걸어 두는 모습, 냉동실에서 감자튀김을 꺼내는 모습, 하나의 팬에 계란과 베이컨을 동시에 굽는 모습, 내가 앉을 자리에 방석을 깔아 주는 모습, 그런 행동 하나하나가 나 따위는 가늠할 수 없는 그릇을 가진 사람으로 보였다. 우따와 친해지고 싶은데 그럴 수 없을 것 같아서 나는 시무룩해졌다.

저녁 식사 시간은 조용했다. 저녁을 먹는 동안 우따는 내 컵에 물을 채워 주고, 호밀빵과 감자튀김을 더 가져다주었다. 우따가 설거지를 하는 동안 책장을 구경했다. 꽂혀 있는 책들은 하나같이 두껍고 무거워 보였다. 그 책들을 보고 있자니 시무룩해지다 못해 기가 눌리는 기분이었다. 나의 15년과 저 아이의 15년은 왜 이렇게 다른가.

"재밌는 거 많지? 빌려 가도 돼."

설거지를 마친 우따가 내 옆에 와서 말했다. 우따는 나의 시선이 멈춰 있던 책장 세 번째 칸 바로 아래에서 『드래곤볼』, 『슬램덩크』, 『피너츠』, 『도널드 덕』 같은 것들을 잡히는 대로 꺼냈다. 그때 나는 다시 웃을 수 있었다.

　예상했던 대로 '아아아미'에는 '우리 교실의 유색인들'이라는 의미가 담겨 있었다. 아이들은 점점 조심하지 않고 노래를 부르고 우리 뒤에서 웃었지만, 충분히 예상 가능한 일이었고 장난은 딱 그 정도에서 더 나아가지 않았기 때문에 화나지 않았다. 우따의 태도도 비슷했다. 법을 전공했다는 아버지의 영향인지 우따는 학교의 암묵적인 룰에 대해 금세 이해한 것 같았다.

　우리가 따르던 룰은 학교의 인종 구성에 그 기원이 있었다. 우리 학교에는 백인 학생이 많았는데, 학생들의 부모가 다국적 기업의 주재원이거나 경제 규모가 큰 나라의 외교 업무를 담당하는 공무원이었기 때문이다. 집안 사정이 유복한 아이들만 모여 있어서인지 눈에 띄는 차별이나 따돌림은 없었다. 그렇다 해도 왠지 모르게 분위기를 이끌어 가는 아이들은 모두 백인이었다. 그들의 커뮤니티에 속하는 것을 일찌감치 포기하는 쪽이 마음 편했다. 겉으로는 모두가 웃으며 지냈지만 백인과 유색인이 교문을 함께 통과하는 일은 없었고 마주 앉아 밥을 먹는 일도 없었다. 그런 사정으로 내가 학교에서 가장 먼저 배운 것은 마음 편히 속할 자리를 찾아내는 방법이었다. 가끔 한국에 갈 때면 친척 형제들의 부러움을 받았지만 학교 안에서는 조용히 지내는 일에 익숙해져 있었다. 누군가에게 괴롭힘을 당하는 일은 없었고, 그건 다행이었지만 외로운 것은 어쩔 수 없었다.

우따와 친해지면서 나의 15년과 우따의 15년이 별반 다르지 않다는 것을 알게 되었다. 학교를 마치면 우리는 골목에서 공을 차거나 공터에서 배드민턴을 쳤다. 무언가를 보냈을 때 돌려주는 사람이 있는 놀이가 즐거웠다. 집에서 놀 때면 각자 한국과 영국에서 봤던 코미디 쇼의 유행어를 가르쳐 주며 웃었다. 손을 대는 순간 엄청난 좌절을 안겨 줄 것 같던 책들은 펼쳐 본 적이 없었고 만화책만 보며 마냥 뒹굴뒹굴했다. 걱정이 없는 날들이었다.

그 무지막지한 책들은 사실 우따의 아버지 것이었다. 그것을 알게 된 것은 『예루살렘의 아이히만』을 펼쳐 보고 나서였다. 나치의 홀로코스트에 관한 수업에서 언급된 책이어서 눈길이 갔다. 책의 속지에는 "zu Stephen T. Wood, 1972. 07. 21."이라고 적혀 있었다.

"우아. 네 아버지랑 해나 아렌트가 아는 사이였어?"

내가 묻자 우따는 말없이 다가와 책을 가져갔다. 큰 힘을 들이지 않고 받아 간 책을 양 손바닥으로 누르듯이 덮었다. 그 모습이 처음 만난 날의 옅은 미소를 떠올리게 만들었다. 그 미소에서 느껴졌던 위화감도 함께 기억났다. 그 위화감의 정체는 쓸쓸함이었다. 처음 본 사람에게는 감추는 것이 자연스러울 쓸쓸함, 그러나 도저히 감출 수 없었던 쓸쓸함이었다. 우따에 관해 조금 더 알게 된 기분이었다. 더는 아무것도 묻지 말아야겠다, 그러는 것이 좋겠다고 생각했다.

면회소에 나온 우따는 고개를 숙인 채 말이 없었다. 묻고 싶은 것이 많았는데 입이 떨어지지 않았다. 짧은 면회 시간이 속절없이 흘렀다. 나를 봐 주지 않는 그 아이를 우따라고 불러야 할지 우드라고 불러야 할지, 아니면 이제 더는 부를 수 없게 된 사람인지 알 수가 없었다. 적당한 말을 찾을 수 없었던 나는 우리 사이를 막고 있는 창을 두드렸다. 그는 가만히 있었다. 다시 한 번 유리창을 두드렸다. 나도 모르게 주먹에 힘이 들어갔다. 그의 뒤에 앉아 있던 간수가 내 쪽을 힐끗 보았다. 그가 천천히 고개를 들었다. 그와 눈이 마주치자 간신히 입이 떨어졌다.

"우따."

내가 그렇게 말하자 그는 조금 놀란 것 같았다. 오래전에 잊었던 기억을 되찾은 사람의 얼굴 같았다. 나는 다시 말했다.

"우따! 우따 맞지? 응?"

면회소 내에 버저가 울렸다. 신경질적인 기계음이었다. 마이크의 불이 꺼지고 간수가 일어나 우따의 옆으로 다가왔다.

"우따. 우따 맞지? 맞는 거지?"

간수의 손에 이끌려 우따가 돌아가는 동안에도 나는 계속해서 소리쳤다. 그래야 할 것 같았다. 평소의 나라면 그러지 않았을 것이다. 간수가 문을 열기 위해 잠깐 멈추었을 때 우따가 고개를 돌려 나를 보았다. 딱 한 번이었지만 분명하게 고개를 끄덕이고 문 너머의 어둠 속으로 사라졌다.

⚘

　9월이 되고 새로운 학년이 되었을 때 학교에 이상한 소문이 돌기 시작했다. 여름까지 같이 학교에 다녔던 마리엘이라는 여학생이 실종되었다는 이야기였다. 소문을 듣고 나서야 그런 아이가 있었음을 알게 된 나와는 달리 우따는 마리엘에 대해 제법 자세히 알고 있었다. 마리엘은 필리핀 출신이었고 어머니가 모토로라 프랑스 지사의 전산 팀에서 일하고 있었다. 아버지는 마리엘이 어릴 적 돌아가셨고 오빠와 남동생이 파리 7구에서 함께 살고 있었다.
　"어떻게 그렇게 잘 알아?"
　질투가 나는 것을 최대한 숨기며 우따에게 물었다.
　"그냥. 우리 학교에 동양인 여자애는 걔뿐이었잖아."
　나는 그게 이유가 되나 싶었지만 우따의 표정이 또 쓸쓸해 보여서 그 이상은 묻지 않았다.

　돌이켜 보면 그 시절에 내가 우따에게 더 많은 것을 물어보았으면 어땠을까 하는 생각이 든다. 우리는 지금 어떤 사이가 되었을까, 마리엘에게 조금은 다른 선택지가 주어질 수도 있었을까, 그때 그 일들의 사이에 내가 할 수 있는 뭔가가 있었을까, 여러 가능성에 대해서 생각해 보게 된다. 이런 생각들이 후회나 반성이길 바라지만 확신할 수가 없다. 그때 나는 알고 싶은 것만 알려고 했던 것이 아니었을까.

내가 모르는 사이, 그러려고 애쓰는 사이에도 우따는 마리엘을 찾고 있었다. 그때 우따는 쓸쓸했을 것 같다. 싫다고 해도 더 묻고, 귀찮다고 해도 더 옆에 있을 걸 그랬다.

마리엘은 10월이 넘어가도록 학교에 나오지 않았다. 마리엘의 어머니가 회사의 공금을 횡령해서 가족이 모두 달아났다는 말이 있었다. 어딘가에서는 마리엘이 빈민가에서 필로폰을 하다가 경찰에 잡혔다는 말도 퍼져 나왔다. 또 한편에서는 그녀가 임신했기 때문에 학교에 나오지 못하는 것이라고 했다. 대놓고 흉흉한 이야기들이 학교의 곳곳을 누볐다.

그런 이야기들은 10월을 지나면서 차츰 사라졌다. 더 자극적인 이야기를 만들어 내기에 아직은 조금 어린 나이들이었고, 11월 초에 있을 축제가 아이들의 관심을 끈 탓도 있었다. 중요한 것은 눈에 보이지 않는 마리엘이 아니라 자기 옆의 누군가의 눈에 드는 일이었다. 우따만이 마리엘을 잊지 않았다. 상담 선생님을 찾아가 마리엘에 관한 소문들을 해명해 달라고 부탁했다. 선생님께 받은 마리엘의 집 주소로 여러 번 찾아가기도 했다. 경찰서를 찾아가 마리엘의 실종 사실을 알리기도 했다. 우따가 그런 일들을 하는 동안 나는 우따와 함께 있거나 혼자 있었다. 처음에는 우따가 마리엘을 짝사랑하고 있다고 생각했다. 그렇게 생각하자 질투가 연

민으로 바뀌었다. 우따의 감정이 우정이 아닌 연정이라면 받아들일 수 있을 것 같았다. 그러나 우따의 마음은 우정도 연정도 아니었다. 그것은 더욱 고차원적인 것으로 보였다. 우따는 그 무엇도 섞이지 않은 순수한 마음으로 마리엘을 걱정하고 그녀의 무사와 안전을 기원했다. 엄청나게 강하고 지속적인 감정이었다.

나는 우따를 이해할 수 없었다. 사실은 이해하고 싶지 않았다. 마리엘에 대한 소문이 사실이라는 근거는 없었지만 사실이 아니라는 근거도 없었다. 마리엘이 정말 형편없는 아이라서 형편없는 짓을 하고 사라졌을 수도 있지 않을까. 나는 그런 생각을 우따에게 말했다. 우따의 반응은 격했다.

"마리엘을 조금이라도 안다면 그런 말은 절대 할 수 없어!"

우따가 화를 낸 건 그때가 처음이었다. 나는 당황스럽고 분해서 아무 말 없이 집으로 돌아가 버렸다. 그 이후로 우따와 조금 어색해졌다. 여전히 나란히 앉아 있었지만 그것은 수업 시간 때문이었고 대화는 깊이와 폭이 모두 어정쩡했다. 어떻게 화해를 해야 할지 고민하는 사이에도 우따는 마리엘에게만 매달려 있는 것 같았다. 응답 없는 마음만큼 사람을 지치게 하는 것이 없음을 배우게 될 즈음, 마리엘이 학교에 나타났다. 축제 날이었다.

무대 공연이 막바지에 다다르자 축제는 한껏 달아올랐다. 공연이 끝나면 곧이어 댄스파티가 열릴 것이었기 때문에 학생들은 하나같이 기대감으로 얼굴이 상기되어 있었다. 아직 우따와 화해하지 못했던 나는 댄스파티 따위 어떻게 되든 상관도 없었다.

마리엘이 강당 2층을 통해 메인 무대로 내려가는 것을 발견한 건 우따였다. 무대에 오른 피터가 독창을 준비하고 있을 때였다. 우따가 내 어깨를 잡고 다급하게 어딘가를 가리켰다. 몸집이 작은 여자아이가 모자를 쓰고 책가방을 멘 채 걸어가는 것이 보였다. 우따의 눈에서 긴박함과 간절함이 느껴졌다. 우리는 무슨 말을 할 겨를도 없이 무대를 향해 뛰었다. 관람석 중앙에 있던 우리가 촘촘한 의자 사이를 헤치고 무대 근처까지 갔을 때 선생님들이 우리를 막아섰다. 그사이 마리엘은 가방에서 작은 병을 꺼내며 피터에게 걸어갔다. 무대 아래가 소란스러운 것을 본 피터가 주위를 둘러보았고 그때 마리엘이 병에 든 액체를 피터에게 뿌렸다. 액체는 염산이었다. 피터의 얼굴을 겨냥하고 뿌렸으나 피터가 일찍 몸을 돌린 덕분에 맞은 곳은 어깨였다. 피터의 새된 비명이 마이크를 타고 강당에 울렸다. 공연장은 순식간에 아수라장이 되었다. 선생님들이 모두 무대로 올라갔다. 우따는 손바닥으로 얼굴을 감싸며 무릎을 꿇었다.

마리엘은 경찰에 연행되었고 학교에서 퇴학당했다. 피터는 어깨에 심각한 화상을 입었지만 고급 의료 시설에서 회복되어 갔다. 신문과 TV 뉴스에 의해 사건이 알려지고 파리 전역이 마리엘에 대한 비난으로 가득 찼다. 우따는 아무 말 없이 학교에 나왔다가 조용히 집에 갔다. 나는 마리엘이 원망스러운 한편 우따에게도 마음이 상해서 줄곧 기분이 좋지 않았다. 그렇게 2주가 흘렀다. '마리엘 염산 테러 사건'의 여운이 남은 학교에서 또 하나의 커다란 사건이 일어났다. 그 사건 역시 학교는 물론 파리, 그리고 프랑스 전체를 충격에 빠뜨렸다. '제임스 T. 우드의 학교장 살인 미수'였다.

목에 심한 자상을 입은 교장은 9일 만에 의식을 회복했다. 우따가 휘두른 칼날이 동맥을 비껴갔기 때문에 목숨을 건질 수 있었다. 성대와 기도에 심한 손상이 와서 호흡기와 소형 마이크를 부착한 상태로 남은 생을 살게 되었지만 그것도 그가 받아야 할 몫의 기적이라는 것이 세간의 평이었다. 일생을 교육에 바쳐 온 것에 대한 보답 운운. 그럴수록 우따는 용서할 수 없는 죄인이 되어 갔다. 우따는 그 어떤 항변도 하지 않았다.

우따가 교장을 공격한 이유를 알게 된 것은 면회를 가기 시작하고 7개월이 흐른 뒤였다. 그즈음 나는 우따를 찾아가는 일 자체에 어떤 보람 같은 것을 느끼고 있었다. 내가 뜨거운 우정의 주인공이자 숭고한 정신의 실천자가 된 것 같았다. 그런 것이 기뻤다. 면회는 우따가 아닌 나를 위해서 한 일이었던 셈이다. 안일한 생각이었다.

우따가 저지른, 아니 우따에게 일어난 일은 나의 철없는 감정놀음에 사용될 만큼 가벼운 것이 아니었다. 그것을 깨달은 건 마리엘의 유서 때문이었다. 피터를 공격한 죄로 복역 중이던 마리엘은 감춰 둔 면도칼을 삼키고 자살했다. 유서는 모두 네 장이었는데 각각 받는 사람이 달랐다. 편지의 수신인은 그녀의 가족, 피터, 교장, 그리고 우따였다.

생전에 마리엘은 우따와 몇 통의 메일을 주고받았다. 먼저 메일을 보낸 건 마리엘 쪽이었다. 마리엘은 모두가 당연하게 받아들이던 학교의 룰에 불만이 있었다. 상호 평가에서 백인 아이들끼리 좋은 점수를 나누어 갖는 것부터 식당에서 유색 인종 아이들이 출입구 가까이에 앉는 것까지 모든 일에 문제를 제기하려 했고, 우따에게 함께 행동할 것을 요청했다. 우따는 섣부른 행동은 도리어 역효과를 낼 수 있으니 자중하자는 입장이었다. 문제의식에는 공감하지만 감정만으로 해결할 수 있는 부분이 없음을 근거 삼아 마리엘을 설득하려고 했다.

"겁쟁이. 도망자!"

마리엘은 우따를 비난하고 연락을 끊었다. 그러고는 인터넷 사이트를 개설해 학교 내의 인종 차별 문제에 대해서 알리기 시작했다. 백인과 유색 인종의 그랑제콜(Grandes Écoles) 입학률 차이를 그래프로 정리했다. 여름 방학 중에는 거리에서 인종 차별 개선을 위한 서명 운동도 펼쳤다.

마리엘은 개학 일주일 전에 준비한 자료를 들고 교장실을 찾아갔다. 교장은 마리엘을 칭찬하고 너그럽게 웃으며 내가 조금 더 잘하겠다는 말로 그녀를 돌려보냈다. 그런 마리엘을 눈여겨본 사람이 피터였다. 우리 학년의 대표였던 피터는 마리엘의 집에 직접 찾아가 자신이 도울 일이 있을 것 같다고 말했다. 피터와 마리엘은 저녁을 같이 먹었다. 집에 돌아가는 길에 마리엘은 정신을 잃었고 근처 공원에서 하혈을 한 채로 깨어났다.

"살던 대로 살아. 조용하게."

깨어난 마리엘에게 피터는 그 말을 남기고 가 버렸다. 마리엘은 흔들리는 몸과 마음을 붙들고 자신이 당한 일을 어머니에게 알렸다. 증거가 차고 넘치는데도 '증거 불충분'을 이유로 수사는 진행되지 않았고 마리엘의 집으로 험악한 사내들이 찾아오거나 한밤중에 숨소리만 들리는 전화가 걸려 왔다. 모든 일의 뒤에 피터와 그의 부모, 그리고 교장이 있었다. 이 모든 것이 기록되어 있던 마리엘의 유서가 또 한 번 파리를 들끓게 할 것 같았지만 그런 일은 일어나지 않았다. 신문의 사회면 마지막 장에 '염산 테러 사건의 주인공 자살'이라는 짤막한 기사 하나가 실렸을 뿐이었다. 모두가 마리엘과 그녀의 일을 잊어 갔다.

교도소에서 우따가 나에게 딱 한 번 무언가를 부탁한 적이 있었다. 마리엘의 유서를 읽고 나서의 일이었다. 『예루살렘의 아이히만』을 가져다 달라는 것이었다. 면회를 마치고 곧장 우따의 집으로 가서 책을 챙겼다. 오랜만에 간 김에 환기하고 청소를 했다. 묵은 먼지를 털고 집을 정리할수록 마음이 왠지 허전해졌다. 냉동실에 들어 있던 감자튀김을 먹어 보았지만 우따가 만든 맛이 아니었다. 어둠이 깔릴 때까지 집에서 나오지 못했다. 집이 자꾸만 나를 붙잡는 기분이었다.

다음 면회에서 책을 받은 우따는 천천히 페이지를 넘겼다. 속지를 오랫동안 들여다보다가 빨간색 펜으로 표시된 몇 페이지를 읽더니 별안간 울음을 터뜨렸다. 책 위로 굵은 눈물이 한두 방울 떨어지더니 이내 소나기처럼 책장을 덮었다. 『예루살렘의 아이히만』은 우따의 아버지가 가장 좋아한 책이었다. 그에게 감동을 준 것은 해나 아렌트가 아니라 아돌프 아이히만이었다. 인간성의 자리에 관료의식만이 남은 평범한 악, 그렇기에 지닐 수 있었던 법정에서의 당당함, 스테판 T. 우드의 인생에 큰 영감을 준 것은 그런 것들이었다.

빈민가 출신의 흑인 고아였던 우드 씨는 하늘이 주신 총명함과 뼈를 깎는 노력에 힘입어 중앙 법원의 판사가 된 기념비적 인물이었다. 우드 씨를 보살폈던 고아원에서는 그의 성공을 축하하기 위해 재정적인 무리를 하면서까지 큰 후원회를 열었지만 정작 그는 파티의 초대장을 잘게 찢어 쓰레기통에 버렸다. 어린 우따에게 그 모습은 큰 충격으로 남았다. 또 다른 충격적인 사건은 우따가 조금 더 자랐을 때 일어났는데, 우드 씨가 자랐던 빈민가 출신의 흑인 청년의 손에 그와 그의 아내가 살해당한 것이었다.

우따의 부모를 죽인 사람은 흑인 처우 개선과 근로 차별 금지 운동을 주도하던 활동가의 아들이었다. 그의 아버지는 시위가 벌어졌던 어느 날 경찰 폭행 혐의로 연행되었고 곧바로 재판에 넘겨졌다. 사실 그는 폭력 시위를 기획하지도 않았고, 뜻밖의 소요 사태에서 쓰러진 경찰을 공격하려는 다른 참가자들을 막아서기까지 했다. 증거는 충분했고 변호인도 최선을 다했다. 그러나 우따의 아버지는 그에게 11년 형을 선고했다. 판결은 논란의 대상이 되었지만 그는 흔들리지 않았다. 인종 차별 관련 재판의 대다수가 그에게 넘어갔고 그는 일관된 판결을 내렸다. 그가 사망한 것은 우따의 생일 전날이었고, 아내와 우따의 선물을 사서 나오던 길이었다.

내가 마지막으로 우따를 찾아간 건 월드컵을 앞둔 평가전에서 한국 대표 팀이 프랑스 대표 팀을 집요하게 몰아붙였다는 뉴스를 본 날이었다. 그 경기에서 한국은 3 대 2로 졌지만 경기 내용만큼은 이긴 것이나 다름없다고 했다. 나는 그 말이 참 쓸쓸한 위로 같다고 생각했다. 아버지의 파견 근무가 끝났고 한국으로 돌아가야 했다. 마지막 면회 날에 우따는 개운한 얼굴로 나타났다.

"다시 못 볼 사람처럼 굴지 말자."

그게 우따의 첫마디였다. 그 말 이후로 우리는 한참 동안 말없이 앉아 있었다. 눈물이 날 것 같았다. 고개를 숙이고 있는데도 나를 보는 우따의 따뜻한 시선이 느껴졌다. 우따가 손가락으로 책상을 톡톡 두드렸다. 고개를 들자 우따가 편지를 내밀었다. 편지를 건네는 손과 받는 손이 봉투의 양 끝을 쥐고 한참 그 자리에 머물렀다. 편지가 나의 손으로 넘어온 다음 우따가 자리에서 일어섰다. 분명하게 한 번, 고개를 끄덕이고 빛이 드는 문 너머로 들어갔다.

막 귀국했을 때 한국은 절대 꺼지지 않을 불길에 휩싸인 것 같았다. 온 나라가 그랬다. 어디를 가나 붉은색 티셔츠를 입은 사람으로 넘쳐 났다. 그런 옷을 입지 않으면 큰일을 당할 것 같은 분위기였다. 우리 가족도 붉은 티셔츠를 입고 시청과 광화문 앞으로 갔다. 하지만 온 세상을 불태울 것 같던 기세는 생각보다 금세 꺾였다.

"프랑스에 있지 왜 들어왔어."

선생님들이 나에게 자주 하던 말이었다. 악의는 없었고 수업이 안 풀릴 때 던지는 농담이었다. 나는 그 말이 재미있지 않았다. 대통령의 탄핵을 놓고 국회 의원들이 몸싸움하는 장면을 TV 생중계로 보았던 날에는 그 말이 어쩌면 농담보다 훨씬 날카로운 종류의 말인지도 모른다고 생각했다.

나에게 파리와 서울은 크게 다르지 않았다. 비겁함이 영리함이고 침묵이 성숙이라는 것은 8,960킬로미터를 날아와도 변하지 않았다. 어떤 날에는 우따와의 만남이 후회스러웠다. 그날들에서 등을 돌려 도망치고 싶기도 했다. 우따를 만나지 않았다면 나는 탁트인 길을, 누군가가 그런 길이라고 말해 준 적이 있는 길을, 빠르게 달릴 수 있었을지도 몰랐다. 나는 사람들이 말하는 빛나는 어떤 것을 입에 물고 태어난 사람이 맞으니까. 하지만 그러지 못했다. 그러지 않았다고 말하고 싶지만 내가 그 정도의 인간이 되었다는 확신이 없다. 다만 지켜야 할 약속이 있었고 그것에 기대었다. 누군가를 짓밟으며 무엇을 손에 쥘 기회가 있을 때마다 우따에게서 온 편지들을 읽었다. 우따가 보낸 편지는 언제나 같은 문장으로 끝났다.

더 나은 무엇이 되자. 그때 만나자.

편지를 읽고 나면 그 위로 우따의 얼굴이 떠오르곤 했다. 그 얼굴은 우는 얼굴이기도, 찌푸린 얼굴이기도, 잠든 얼굴이기도 했는데 언젠가부터 웃는 얼굴로 나타났다. 내 기억에서 가장 선명한 우따의 얼굴은 웃는 얼굴이었다. 그리고 기억해 냈다. 내가 우따를 왜 우따라고 부르게 되었는지 말이다.

김지연

2018년 단편 소설 「작정기」로 문학동네신인상을 수상하며
작품 활동을 시작했다. 소설집 『마음에 없는 소리』,
장편 소설 『빨간 모자』 등을 썼다. 젊은작가상을 수상했다.

04

굴
드라이브

버스가 속도를 늦추며 모퉁이를 도는 게 느껴져 잠에서 깼다. 김이 서린 차창을 커튼으로 슥슥 닦아 밖을 보니 잠들기 전과는 풍경이 완전히 달라져 있었다. 좁고 구불구불한 도로와 전깃줄이 복잡하게 얽힌 전신주들, 낮고 낡은 건물들 너머로 보이는 바다. 푸른 바다에는 흰색 스티로폼 부표가 열을 지어 둥둥 떠 있었다.

"어, 이제 거의 다 왔다. 네 시간은 너무 먼 거리라니까. 마중 나올 거가?"

내 옆자리에 앉은 여자가 누군가와 통화하는 소리에 나는 속으로 동의를 했다. 맞아요, 네 시간은 너무 멀죠. 한편으로는 네 시간 정도면 국내 어디든 닿을 수 있다는 점이 안심되기도 했다. 아무리 멀어도 한나절이면 못 갈 곳이 없는 것이다. 아침에 마음을 먹고 정오에 출발하면 저녁에 다른 도시에 도착해서 아침에 있었던 곳을 깡그리 잊을 수 있다. 하지만 돌아가는 길 역시 그만큼 가깝다. 멀리 가도 아주 멀리 가지는 못한다.

삼촌이 내게 전화를 걸어 와 좋은 일자리가 있는데 면접을 한번 보겠냐고 물은 것이 이틀 전이었다. 처음에는 농담인 줄 알았다. 고향에는 조선소 쪽 말고는 일자리가 거의 남아 있지 않았기 때문이었다. 내가 출향을 결심한 것도 그래서였다. 할 일이 없었기 때문에. 나도 한때는 용접을 배워 조선소에 취직해 볼까 생각했었다. 마침 근처 취업 지원 센터에서 여성을 대상으로 하는 무료 용접 강좌가 열려 좋은 기회라고 생각했지만, 삼촌과 결혼하기 전에 조선소에서 일한 적 있는 숙모가 나 같은 사람은 절대 조선소 문화에 적응할 수 없을 거라며 필사적으로 만류했다. 나 같은 사람이 뭔지, 조선소 문화가 어떤 건지 몰랐지만 숙모와 대화를 나누고 왜인지 나는 수긍했다. 어쩌면 내게는 다행한 일이었는지도 모른다. 그 뒤로 조선소 경기가 점점 나빠져 휴가를 무급으로 가거나 이른 퇴직을 하는 사람이 많아졌으니까. 나 같은 사람은 어찌어찌 적응하며 다녔다 해도 방출 일 순위가 되었을 것이다.

조선소 경기가 나빠지자 도시를 떠나는 사람도, 빈집도 점점 많아졌다. 그런 마당에 제대로 된 일자리가 있을 리 만무했다. 삼촌에게 어떤 일이냐고 물어도 제대로 대답은 해 주지 않고 일단 한번 내려오라고 했다. 거의 하는 일도 없이 월 삼백은 거뜬하다며. 그래서 당연히 농담이라고 생각했다. 그런 일자리라면 삼촌이 하면 될 거 아니냐고 빈정거렸는데 나이 제한이 있어 자기는 할 수 없다고, 젊은 사람이 필요하다고 했다. 나는 서울에서 이런저런 사무

직을 전전하다가 최근 삼 년은 일 년씩 계약을 연장하며 한 회사에 다녔다. 하지만 그마저도 지난달에 계약이 종료된 상황이었다. 나는 계약이 더는 연장되지 않은 이유가 회사에서 젊은 사람을 원하기 때문이라는 것을 회사에서 올린 채용 공고를 보고 알았다. 내가 쌓은 경력이 능력으로 인정받기보다 급여를 계산하거나 일을 시킬 때 걸림돌이 될 뿐이라는 것도. 그래서 어쩌면 삼촌의 그 말에 조금 솔깃했는지도 몰랐다. 서울에서는 채용 시장에서 밀려나는 늙은 사람 취급을 받는데, 고향에 내려가면 젊은 사람으로 여겨진다는 것에. 어차피 회사도 그만뒀으니 바람도 쐴 겸, 오랜만에 가족도 볼 겸 고향에 다녀오자고 마음먹었다.

고속버스에서 내려 올라탄 시 외곽행 시내버스에는 밤늦게 이곳에 도착한 나와 금요일 밤을 즐기다 귀가하는 듯 보이는 세 명의 동남아계 남자뿐이었다. 한참을 달리던 중 내 뒤에 앉은 한 명이 내 어깨를 툭툭 치길래 돌아봤더니 그가 술 냄새를 풍기며 "누나, 우리 집에 안 갈래?" 하고 말을 걸었다. 따로 떨어져 앉아 있던 일행이 나를 쳐다보며 낄낄거렸다. 나는 대꾸를 하지 않고 고개를 돌렸다. 버스 기사가 백미러로 나를 보더니 "다음에 다 내릴 겁니다." 하고 외쳤다. 그 뒤에도 남자는 내게 "가자, 가자." 계속 말을 붙였지만 다행히 버스 기사의 말대로 다음 정류소에서 모두 내렸다. 그들은 버스에서 내려서도 나를 향해 손을 흔들어 댔다. 참다 못한 내가 가운뎃손가락을 들어 보였더니 배를 잡고 상체를 크게 흔들며 웃었다. 어떤 식으로든 모욕을 주고 싶었는데 오히려 웃겼던 모양이다. 버스가 잠시 정차해 있는 산비탈 아래로 공장 지대가 보였다. 불이 켜진 데가 거의 없어 아주 캄캄했다. 아마 그 근방에 숙소가 있을 것이다. 나는 남자들이 어둠 속으로 거리낌 없이 걸음을 옮기는 모습을 눈으로 좇았다. 버스 기사가 나를 흘끔거리며 말했다.

"그러니까 이렇게 늦게 다니면 안 되지."

그러면서 버스 기사는 내게 어디에서 내리느냐고 물었다. 나는 그런 걸 알려 주고 싶지는 않았지만 고분고분 대답을 해 주었다. 버스에서 내릴 때는 "안녕히 가세요." 인사까지 했다. 살을 엘 듯한 거센 바닷바람이 실어 오는 비릿한 냄새를 맡으면서 고향은 한 번도 나를 환영한 적이 없다는 사실을 새삼 떠올렸다.

집에 도착했을 때는 자정이 가까운 시간이었다. 아직 저녁을 먹지 않았다고 하니 엄마가 야참을 차려 주었다. 김장 김치와 보쌈이었다. 최근에 김장을 했다고 했다.

"좀 일찍 올 걸 그랬나? 김장도 돕고."

"됐다. 많이도 안 하는데 괜히 걸리적거린다."

엄마는 맞은편에 앉아 내가 먹는 모습을 물끄러미 바라보았다. 굴을 넣고 무친 겉절이를 씹으니 고향에 와 있다는 게 실감 났다.

"삼촌이 왜 오라 했는지 아나? 좋은 일자리가 있다던데."

"얘기 안 해 주더나?"

"안 하던데."

"결혼하라고."

"뭐?"

"좋은 남자가 하나 있단다."

그 말에 나는 폭소를 터뜨렸다. 너무 크게 웃어서 안방에서 자고 있다던 아빠가 잠에서 깨어 팬티 차림으로 나왔다. 아빠는 나를 보고 언제 왔냐고 물었다.

"아빠, 안녕."

딱히 대답이 궁금했던 것은 아니었는지 아빠는 화장실에 갔다가 다시 안방으로 들어갔다.

내가 대학생이었을 때 엄마는 나에게 결혼 같은 건 하지 않아도 된다고 말했었다. 다만 혼자 멀끔하게 잘 살려면 경제력을 꼭 갖추어야 하니 좋은 직장을 구해야 한다고 했다. 하지만 나는 무척 결혼을 하고 싶어 하는 사람이었고 엄마에게 사귀는 남자가 있다고도 말했었다. 이상하게도 엄마는 그 남자를 집에 한번 데려오라는 말을 하지 않았다. "안 궁금하나?" 물으면 귀찮게 뭣 하러 서울에서 여기까지 오냐고, 둘이 잘 만나고 있으면 됐다고 했다. "사진이라도 보여 줄까?" 물어봤을 때는 "어디 보자." 하긴 했는데, "싫어, 안 보여 줄래." 하고 말을 바꾸니까 "싫음 말고." 하고 그냥 넘어갔다. 엄마는 내가 싫다는 것은 강요하지 않았다. 중학교 때는 내가 공부하는 게 싫다고 하자 그럼 뭘 하고 싶은지 물었다. 그런건 없다고 하니 어쩌냐, 사람이 자기 밥벌이는 하고 살아야 하는데, 하면서 전에는 시킨 적 없던 집안일을 시켰다. 하고 싶은 걸 찾을 때까지 엄마가 가르쳐 줄 수 있는 거라곤 그것뿐이라고 말이다. 그건 당연히 앉아서 공부만 하는 것보다 힘들어서 나는 다시 공부를 하겠다고 선언했다. 불행히도 공부에는 별로 재주가 없었다. 어찌어찌 대학에 가기는 했지만 나를 멀끔하게 잘 살게 해 줄 경제력은 갖추지 못했다. 뭐든 늦된 편이라서 잘하는 걸 찾기까지, 멀끔해지기까지 남들보다 시간이 좀 걸릴 거라고 생각하긴 했었는데 영영 못 찾을 수도 있다는 생각은 해 보지 않았다. 그런 깨달음조차도 좀 늦된 편이었다.

다음 날 아침 일찍 삼촌에게 전화를 걸었다. 혹시나 하고 기대했던 내가 바보 같았다. 이 촌 동네에 나를 위한 월 삼백짜리 일자리가 있을 리 없었다. 삼촌이 말한 일자리가 결혼을 말하는 거냐고 묻자 삼촌은 순순히 그렇다고 하면서도 지금은 통화하기 곤란하니 나중에 전화하라고 했다.

"진짜 다음부터는 이런 일로 오라 가라 하지 마라, 짜증 나니까."

"나 노로바이러스 걸렸다. 나 말고도 꽤 걸렸어."

거짓말을 한 것에 대해 사과하는 대신 병에 걸렸다는 이야기를 하는 게 짜증 나서 "뭐? 양식장 관리를 얼마나 거지처럼 했으면." 이라고 쏘아붙이자 삼촌이 똥 싸러 가야 한다고, 오늘만 벌써 네 번째 가는 거라고 말하면서 울었다. 진짜로 울었는지 그 비슷한 소리만 낸 건지는 알 수 없었다. 삼촌은 이곳에서 작게 굴 양식업을 하고 있었다. 제법 잘되는 편이었다. 봄이면 조가비를 길게 엮은 줄을 바닷속에 늘어뜨려 굴의 유생이 조가비에 들러붙게 했다. 그걸 부표에 매달아 놓으면 굴은 알아서 잘 자랐고 알이 굵게 자라면 거둬들였다. 굴을 까는 일은 동네 아줌마들의 몫이었다.

통화를 마치고 나는 이불 속에 누워 스마트폰만 만지작거렸다. 아빠는 소파에 앉아서 남동생이 사 줬다는 태블릿 피시로 바둑을 뒀고 엄마는 티브이를 봤다. 단열이 잘 안 되는 단층 주택이라 이불을 덮고 있는데도 좀 추웠다.

숙모에게서 전화가 걸려 온 것은 정오쯤이었다. 스마트폰을 들여다보는 것도 좀 지루해지던 차였다. 어쩌면 내게 남자를 주선하려던 사람은 숙모였는지도 몰랐다. 그래서 그 일 때문에 전화를 걸었나 했는데, 내가 그 남자를 만날 리가 없다는 것을 눈치챘는지 그에 대해서는 아무 말도 하지 않고 공장에 와서 일 좀 도와주면 안 되겠냐고 물었다. 무슨 일이냐고 물으니까 삼촌이 배달하기로 되어 있던 굴들을 배달하는 일이라고 했다.

"그냥 택배 쓰죠?"

"딴 지역으로 나가는 건 다 택배 쓰는데 여기 근처는 원래 삼촌이 직접 갖다줬거든. 아파트에 단체 주문 많아서 그냥 단지 앞에 트럭 세워 놓고 쭉 돌리면 돼. 별로 힘 안 들어. 부탁 좀 할게. 지금 일손이 너무 달려서 그래. 알바비 많이 챙겨 줄게. 일종 보통 맞지?"

면허증을 딸 때 빼곤 트럭을 몰아 본 일이 없었지만 어쨌든 나는 그 일을 하기로 했다.

"근데 이번에 배달하는 굴은 괜찮은 거예요? 삼촌도 그렇고 다들 노로바이러스로 난린 거 같던데."

"괜찮으니까 배달하지. 또 탈 나면 공장 망한다. 그럼 부탁할게. 지금 바로 공장으로 와."

전화를 끊고 바로 나갈 채비를 하니 엄마가 어디 가느냐고 물었다.

"삼촌 공장에."

"예쁘게 하고 가."

"일하러 가는 거야."

그 남자를 만나러 가는 줄 알았는지 엄마는 내가 자초지종을 설명하자 가지 말라고, 오랜만에 내려와서 쉬고 있는데 뭐 그런 걸 시키냐고 말렸다.

"너무 심심해서 그래. 나갔다 올게. 근데 엄마, 옛날에는 나 결혼 같은 거 안 해도 된댔잖아."

"대신 돈 많이 벌라고 했지."

그렇게 말하니 또 할 말이 없었다.

"암튼 갔다 올게."

얼른 인사를 하고 현관을 나서는데 찬 바람이 훅 불어와 문을 쾅 닫아 버렸다. 안에서 아빠가 엄마에게 뭐라 말하는 소리가 들렸지만 정확한 내용은 알 수 없었다.

나는 옷깃을 여미고 공장 쪽으로 향했다. 바닷바람을 맞으며 이십 분쯤 걸어야 했다. 따로 버스가 다니는 길도 아니고 택시는 오

는 데만도 한참 걸리는 데다 콜 비용을 따로 챙겨 줘야 하니 걸어
가는 게 제일이었다. 아빠 차를 타고 갈까도 생각했는데 길이 좁
고 구불구불해 혹시나 마주 오는 차라도 있으면 낭패였다. 걸은
지 몇 분 안 돼서 후회가 됐다. 고향은 서울보다 한참 남쪽에 있어
서 평균 온도는 늘 몇 도 높았지만 겨울에 이 바닷바람을 맞으면
그런 숫자는 무의미해졌다.

공장에 도착하니 직원 셋이 나와 나를 맞아 주었다. 육칠십 대
쯤으로 보이는 여자 둘과 그중 더 키가 큰 쪽의 며느리라는 필리핀
여자였다. 숙모는 보이지 않았다. 키 큰 여자가 물었다.

"배달하러 온 거 맞지요?"

내가 고개를 끄덕이자 그녀는 같이 짐 좀 나릅시다, 하고 나를
공장 안으로 이끌었다. 안에는 볼이 빨개진 채로 패딩 조끼를 껴
입고 굴을 까고 있는 사람이 다섯 명 더 있었다.

"근데 다들 노로바이러스에 걸렸다던데 괜찮으신가요?"

내 질문에 그중 한 사람이 나를 흘긋 쳐다봤다.

"사장 조카래."

나를 안내해 준 여자가 말하자 그 사람이 퉁명스럽게 대꾸했다.

"도대체가 이 비린 걸 왜 먹지."

"안 좋아하세요?"

"안 좋아하지. 이걸 어떻게 먹을까 늘 궁금했어."

사방이 비린내로 가득한 동네에 살면서 굴이 비려서 싫다는 여
자가 굴을 까고 있었다. 작업대에는 그녀가 까 놓은 굴이 잔뜩 있

었다. 굴은 흐물흐물해서 싱싱한 건지 상한 건지 잘 가늠이 안 됐다. 다른 사람들이 굴을 까는 동안 필리핀 여자는 말없이 트럭으로 스티로폼 상자를 옮겼다. 나도 함께 상자를 날랐다. 트럭에 다 실은 다음에는 다 같이 모여 믹스커피를 한 잔씩 타 마셨다.

"이제 출발하면 되나요?"

"어디로 배달하는지는 알고 가야지. 좀만 기다려요. 반장이 와서 알려 줄 테니까."

키 큰 여자가 무심하게 대꾸했다.

반장이라는 사람은 삼십 분이 지나서야 나타났는데 내가 아는 사람이었다. 그녀도 나를 알아봤는지 눈이 동그래져서는 "너, 너!" 하고 외치다가 "반갑다, 친구야." 하며 손을 내밀었다. 그런 환영이 반갑기도 했지만 우리가 고등학교에 다닐 때 사이가 좋았던 것은 아니어서 떨떠름하기도 했다. 반장은 그때도 반장이었다. 그래도 그 시기로부터 시간이 제법 흘렀고 무엇보다 반장이 내민 손을 모르는 척할 수 없어 나도 마주 잡았다. 따뜻한 데에 있다가 왔는지 손에서 온기가 전해져 와서 바닷바람을 맞으며 일한 내 손이 얼마나 차가운지 절절히 느껴졌다.

"맞다, 여기 너네 삼촌 공장이제. 니는 서울에서 무슨 강의한다더니."

그건 벌써 몇 해 전 일이었다. 나에 대한 정보가 거의 업데이트되지 않았다는 사실이 다행스러웠다. 나는 크게 부정도 긍정도 하지 않고 반장의 근황으로 화제를 옮겼다. 반장은 첫애가 내년 봄에 초등학교를 들어간다고 했다. 아이를 낳았다는 얘기를 소문으로 듣긴 했지만 벌써 그만큼 컸다니 놀라웠다. 나는 이야기가 다시 내 쪽으로 돌아오지 않도록 또다시 질문을 했다. 다행히 배달을 하러 떠나야 했기 때문에 오래 이야기를 하지 않아도 되었다. 반장은 차 키를 건네면서 필리핀 여자의 어깨를 툭툭 쳤다.

"여기 미셸이랑 같이 가면 돼."

이미 이야기가 되어 있었던 듯 미셸은 자연스럽게 조수석에 올라탔다. 반장은 일 끝나면 저녁에 맥주나 한잔하자고 했다. 나는 그러자고 고개를 끄덕이면서도 나중에 거절할 말들을 떠올려 보았다.

숙모의 말대로 일은 크게 어려울 게 없었다. 오랜만에 드라이브를 하는 기분마저 들었다. 고향에는 명절 때만 왔는데, 막상 내려와서도 마음의 여유가 없어서 어딜 갈 생각은 못 했다. 차례를 지내고 아이들에게 용돈을 좀 쥐여 준 뒤 도망치듯 서둘러 서울로 올라왔다. 힘들고 지칠 때 고향을 찾아가 마음의 평안을 얻는다는 식의 말을 나는 한 번도 믿은 적이 없었다. 어떻게 그런 게 가능할수가 있을까. 하지만 이번의 드라이브는 내게 평안 비슷한 것을 주었다. 내게도 고향의 어떤 점들은 좋은 추억으로 남아 있다는걸 일깨워 주었던 것이다. 그게 무엇인지 정확히 설명할 수는 없었는데 어쩌면 이런 호젓함인지도 몰랐다. 나는 규정 속도를 지켜달리면서 가야 할 곳들을 방문했다. 대개 아파트 단지였다. 경비원에게 방문 목적을 밝혔을 때 굴 상자를 모두 관리실에 두고 가라는 곳도 있었고, 집집마다 방문해야 하는 경우에도 미셸이 거의 모든 일을 순식간에 해치워서 내가 할 게 별로 없었다. 나는 짐을 내리기 좋은 곳에 트럭을 갖다 대기만 하면 됐다. 그리고 다음 목적지로 가는 동안 드라이브의 기분을 만끽하는 게 할 일의 전부였다.

마지막 배송지를 남겨 두었을 때 미셸이 물었다.

"그거 아세요?"

내가 대답할 틈 없이 미셸이 바로 말을 이었다.

"암컷 굴 한 마리는 수천만 마리의 알을 낳아요."

그녀는 굴이라는 동물이 너무 이상해서 인터넷에서 찾아본 적이 있다고 했다. 딱딱한 껍데기 속에 그 흐물거리는 몸이라니.

"알에서 나온 새끼들은 바다를 헤엄쳐요. 붕붕 떠다녀요. 붕붕, 붕붕."

그녀는 막 의태어를 배운 아이처럼 붕붕을 몇 번이나 반복해서 말했다. 그 발음이 재밌다고 생각하는 것 같았다. 양손으로 물결 모양을 만들며 계속 붕붕거렸다.

"그때는 아주 작아요. 아주, 아주. "

"얼마나 작은데요?"

"아주. 바닷물을 떠서 봐도 안 보일 만큼. 그리고 몇 차례나 변해요."

굴이 수천만 마리의 알을 낳는 장면도, 굴 유생이 변태를 거치는 과정도 머릿속에 잘 그려지지 않았다. 나는 그녀가 이런 사실들을 다 찾아보았다는 것과 그것들을 다 기억하고 있다는 것이 신기했다. 나라면 금세 다 까먹었을 것이었다.

"그리고 붙어서 살 곳을 찾아요."

부유하던 굴 유생들이 어느 날 정착을 결정한다.

"그리고 살아요."

"그렇군요."

"그리고."

마지막으로 그녀는 집게손가락을 들어 트럭 뒤쪽을 가리켰다. 우리가 배달 중인 굴 상자가 있는 곳이었다. 나도 모르게 웃음이 터져 나왔다. 미셸도 덩달아 웃어서 우리는 같이 한참 웃었다.

언덕길을 지나다 경치가 좋은 공터를 발견했을 때에는 미셸에게 잠깐 쉬었다 가자고 말한 후 차를 세우고 내렸다. 고등학교를 다닐 때 자주 지나던 곳이었지만 한 번도 들어가 본 적은 없었다. 물론 그런 곳들은 아주 많았다. 안다고 생각하는데 사실은 전혀 알지 못하는 곳. 언덕이라 바람이 더 세게 불었지만 공기가 쾌청해 콧속이며 머릿속, 가슴속까지 시원해지는 기분이었다. 시야를 가리는 것 없이 탁 트인 전망도 마음에 들었다. 건너편으로 바다가 보였다. 시커멀 정도로 짙은 바다에 작은 섬이 몇 개 떠 있었고 조그만 고깃배가 파도를 가르며 지나고 있었다. 햇빛을 받은 물결이 희게 반짝거렸다. 어쩌면 별것도 아닌 그 풍경을 한참 바라보았다. 오래 바라보고 싶은 풍경과 마주하는 게 참으로 오랜만이었다.

일은 오후 다섯 시가 안 되어 끝났다. 나는 반장에게 전화를 걸어 배달을 다 마쳤다고 알렸다. 반장은 고생했다고 할 뿐 다른 말은 덧붙이지 않고 전화를 끊었다.

오늘의 일은 모두 끝났다는 생각으로 미셸과 한담을 나누며 느긋하게 공장을 향해 차를 몰았다. 미셸은 결혼한 지 일 년이 조금 넘었다고, 아직 아이는 없다고 했다.

"서울 삽니까?"

"네, 서울에 살아요."

"저도 서울 가고 싶어요."

"안 가 봤어요?"

"네, 한국 올 때도 김해로 왔어요."

"한번 놀러 가자고 해요."

"바빠서 안 된다고 합니다."

미셸의 대답을 들으며 나는 내가 눈치가 없는 편이라는 것을 새삼 깨달았다.

"제 친구는 호텔에서 노래를 불러요. 저도 노래 잘 부릅니다."

노래를 청하자 미셸은 망설이지 않고 목을 가다듬더니 노래를 부르기 시작했다. 「문 리버」였다. 한 소절을 듣자마자 미셸이 왜 망설이지 않았는지 알 수 있었다. 머릿속에서 절로 '아름답다'는 단어가 떠올랐다. 트럭은 아무것도 경작되지 않은 겨울의 황량한 논밭을 지나고 있었다. 아름다운 노래가 더해지자 그 풍경도 다 그럴듯한 사연이 있는 것처럼 보였다. 노래가 끝났을 때 나는 박수를 쳤다.

"동네에서 인기 많겠어요."

"글쎄요."

그 말을 하고 그녀는 왠지 시무룩해졌다. 나는 한 곡 더 청하고 싶었지만 어째선지 말을 꺼내기가 미안했다.

"서울에는 언제 갑니까?"

"내일 저녁요."

"나도 데려가세요."

"네?"

나는 깜짝 놀라 그녀를 돌아보았다. 그 말이 완전히 진심인 것처럼 들렸기 때문이다.

"농담이에요. 앞에 보세요."

미셸은 농담이라며 웃어넘겼다. 농담이라는 말은 참 간편하다. 모든 말들을 금방 가볍게 만들어 버린다.

공장에 거의 다 왔을 때 그녀는 그 부근 사거리에서 차를 세워 달라고 했다.

"집이 이 근처입니다. 여기서 걸어가면 돼요."

"바람이 찬데요. 집 앞까지 데려다드릴게요."

그녀가 조금 걷고 싶다며 한사코 사양해서 나는 횡단보도 앞에 차를 세웠다. 미셸은 내게 인사를 한 후 차에서 내려 걷기 시작했고 나는 금세 그녀를 앞질러 갔다.

저녁에 반장에게서 전화가 왔다. 아까는 공장에 갑자기 주문이
밀려와 금방 끊어야 했다며, 이제 퇴근했는데 낮에 말한 대로 한잔
하지 않겠냐는 것이었다. 몇 시간 전만 해도 나는 반장이 술을 마
시자고 하면 어떻게든 핑계를 대고 거절할 작정이었지만 집에 돌
아와 엄마의 잔소리를 듣던 중이었으므로 얼른 승낙했다.

"어디서 볼까?"

"괜찮으면 우리 집으로 올래? 어디 가 봤자 돈만 비싸고 시끄
럽고."

"남편은 괜찮대?"

그렇게 물은 것은 내가 괜찮은지를 가늠할 시간을 벌기 위해서
였다. 집까지 찾아갈 만큼 잘 아는 사이도 아닌데 이렇게 냉큼 초
대를 받아들여도 될까? 십여 년 만에 보는 건데? 내 질문에 반장은
웃으며 괜찮다고 했다. 그 웃음소리를 들으니 집으로 오라는 게
아이 때문일지도 모르겠다는 생각이 들었다.

"치킨 시켜 놓을 테니까 올 때 맥주만 좀 사 올래? 또 먹고 싶은
거 있어?"

"아니, 치킨이면 돼."

나는 아빠 차를 빌려 반장의 집으로 향했다. 가는 길에 동네 마
트에 들르려고 했는데 막상 도착한 마트는 문이 닫혀 있었다. 꽤
오래 방치된 듯 폐허 분위기가 났다. 확장 이전을 했는지 경영 악
화로 폐업을 한 건지 알 수 없었다. 반장이 산다는 아파트 단지 근
처까지 가서야 문을 연 마트가 보였다. 캔 맥주 여섯 개와 아이에

게 줄 과자를 샀다. 요즘 애들이 뭘 좋아하는지 몰라 좀 고민하다가 마침 엄마에게 과자를 사 달라고 조르는 아이가 보여 아이를 따라서 샀다. 한라봉을 싸게 팔고 있어서 그것도 한 상자 샀다.

아파트 단지는 바다에서 좀 떨어진 시내에 있었다. 단지 입구에서 경비원에게 동과 호수를 말하니 주차할 곳을 일러 주었다. 지하 주차장에 차를 세우고 엘리베이터를 타고 올라가면서 나는 반장을 조금 부러워했다. 지방이니까 집값이 싸긴 하겠지만 그래도 이삼억은 있어야 살 수 있는 신축 아파트였다. 분양을 할 때 아빠가 전화를 걸어 와 주택 청약 통장이 있느냐며 나에게도 한번 신청해 보지 않겠느냐고 물었었다. 나는 고향에 내려와 살 생각이 전혀 없었기 때문에 거절했다. 학창 시절에도 반장을 부러워했었다. 호쾌한 성격에 별로 공부를 열심히 하지도 않는 것 같은데 늘 상위권이던 성적, 원어민 선생도 칭찬했던 영어 발음, 백 미터 달리기에서 매번 일등을 하던 것…… 나열하자면 끝이 없을 듯했다. 하지만 반장은 대학을 가지 않고 고향에 남아 얼마 안 돼 결혼을 하고 아이를 낳았다. 반장을 아는 사람들 모두가 그 선택을 의아하게 여겼다. 그런 이야기는 다 다른 사람들에게 전해 들었기 때문에 자세한 사정은 알 수 없었다. 소문은 진짜 중요한 이야기는 빼놓고 금방금방 퍼지니까. 반장과 친하지 않았으니 반장이 결혼하거나 아이를 낳았을 때 따로 축하의 말을 건넨 적도 없었다. 친하지 않았을 뿐 아니라 나는 반장을 싫어했다. 반장이 나를 싫어했기 때문이었다.

초인종을 누르자 안에서 누가 우다다 달려오는 소리가 들렸다. 문을 열어 준 사람은 반장의 딸이었다.

"안녕하세요."

"안녕, 이름이 뭐야?"

"민정이요."

"그래, 난 엄마 친구 동희야. 반갑다."

민정과 악수를 하는데 반장이 앞치마를 한 채 나타나서 웃었다.

"무슨 애랑 인사를 그런 식으로 하노?"

"치킨 시킨다더니 뭐 만들어?"

"생각해 보니까 진짜 오랜만에 보는 건데 배달 음식만 먹기 그래서."

나는 캔 맥주와 과자가 담긴 비닐 봉투를 식탁 위에 올려놓았다.

"맥주는 냉장고에 넣어 둘까?"

가스레인지 앞에 가서 선 반장은 내 쪽을 돌아보더니 응응, 했다.

"먼저 마시고 있어도 되고. 근데 맥주만 사 오라니까 뭘 또 사 왔노. 술은 그거 갖고 되려나? 많이 안 마시나 보네."

"더 사 올까? 요 앞에 마트 있던데."

"이따 부족하면. 앉아 있어라. 집 구경해도 되고."

"도울 건 없나?"

"다 했다."

나는 코트를 벗어 식탁 의자에 걸어 두고 천천히 집 안을 둘러보았다. 방바닥도 따뜻하고 전망도 좋았다. 십삼 층 높이의 발코니에서 바깥 풍경을 보고 있자니 그때 분양 신청을 해 봤어도 좋았겠다는 생각이 들었다. 물론 가점을 받을 일이 없는 내가 당첨될 확률은 낮았겠지만.

민정은 뭘 하는지 방에 들어가 나오지 않았다. 내가 가져온 과자에도 별 흥미가 없었다. 나는 거실 소파에 앉아 티브이를 켜 보았다. 오래전 싫어했던 사람의 집에 앉아 리모컨으로 채널을 돌리고 있다는 사실이 문득 어색하고 불편하게 느껴졌다. 집에 오지말았어야 했는데. 적어도 한두 시간 동안은 여기에 있어야 한다고 생각하니 피로가 몰려왔다. 빨리 집에 가고 싶은 마음뿐이었다.

"와서 수저 좀 놔 주라. 근데 선보러 왔다는 거 진짜가?"

나는 소파에서 일어서며 인상을 썼다. 역시나 이 동네는 소문이 빨랐다. 나를 부른 이유도 소문낼 만한 이야깃거리를 듣고 싶어서가 아니었을까 하는 데에 생각이 미치자 더욱 집에 가고 싶어졌다.

"삼촌이 그러더나?"

"사장님이랑 사모님 얘기하는 거 얼핏 들었다."

"좋은 일자리 있다고 해서 왔는데. 월 삼백짜리. 그 남자가 돈을 많이 버나 봐."

"맞다, 돈 많지."

"아는 사람이야?"

"어, 나이도 많고. 만나 볼 건 아니제?"

"아니지."

"그럼 그 얘긴 더 안 할게. 기분만 잡칠 테니까."

"그래."

"이제 먹자!"

"딸은 같이 안 먹나?"

"치킨 오면 먹는대."

반장은 요리도 잘하는 편이었다. 퇴근하고 와서 후다닥 만든 듯한 어묵탕과 굴부추볶음, 그리고 집에서 직접 만들어 먹는다는 김치와 장아찌 같은 밑반찬들도 다 맛있었다. 특히 굴부추볶음이 맛있었다. 부추와 계란을 넣어 굴과 함께 볶은 것이었는데 달고 짭쫄하고 고소했다. 굴을 좋아해서 겨울이면 매일같이 먹으면서도 이런 식으로 만들어 본 적은 없었다. 굴 요리를 먹으면서 나는 내가 이 맛을 꽤 오래 기억하게 될 것 같다는 예감이 들었다.

반장과 나는 지난 십여 년간 나누지 못한 이야기들을 했다. 더 정확히 말하자면 서로를 알게 된 이후로 한 번도 나눠 본 적이 없던 이야기들을 했다. 반장은 지난해 이혼을 했다고 했다. 남편은 바로 옆 동네에서 다른 여자와 살고 있다. 어쩌다 마주칠 때 말고는 자기는 물론이고 딸아이와도 만나는 일이 거의 없다. 다른 도시로 가 버릴까도 생각해 봤지만 완전히 낯선 곳으로 갈 용기는 없었다. 그래도 부모가 지척에 살고 있어 덜 외로운 편이다. 아직은 아이를 맡길 데도 필요해서 이곳에 사는 게 여러모로 도움이 된다. 어렸을 때는 평생 이곳에서 살게 될 것이라고는 생각하지 못했다.

삼촌 공장에서는 경리와 회계 같은 사무 일을 본다. 요즘 만나는 남자는 이혼한 사람인데 시내에서 소고깃집을 하고 있다. 결혼까지 가게 될지는 알 수 없다. 속궁합은 그럭저럭 잘 맞지만 조선소 경기가 안 좋은 탓인지 요즘엔 식당 수입이 좋지 않은 편이다. 역시 직업은 안정적인 게 제일인데 자기를 쫓아다니던 공무원을 너무 취향이 아니라는 이유로 거절했던 것을 조금 후회한다…… 반장은 아주 오랜만에 말을 하는 사람처럼 자신에 대한 이야기를 쏟아 냈다. 나는 한참을 듣는 내내 고개만 끄덕였다. 문득 그걸 깨달았는지 반장이 물었다.

"니는 어떻노?"

반장이 내게 그 많은 이야기를 들려주었듯이 나도 뭔가 말해 주고 싶었지만 별달리 떠오르는 게 없었다. 그래서 짧게 얘기했다. 원룸에서 살고 있다고. 최근에 다니던 회사를 그만두었다는 이야기는 하려다 말았다. 결혼할 생각이 없다는 것은 말했다. 만나던 사람과 헤어졌다는 이야기는 애초에 할 생각이 없었다. 전에는 고향에 내려올 마음이 전혀 없었는데 이젠 어찌 될지 잘 모르겠다는 이야기도 했다. 서울의 집세를 감당하기가 제일 힘들다는 이야기, 꼭 서울에 살아야 할 필요가 있나? 그런 생각으로 목록을 만들고 지우고 하다 보면 그곳이 어디든 지방에서 사는 게 나라는 인간의 규모에 맞는 것 같다는 이야기도 했다. 반장도 나처럼 말을 골랐을까? 가감 없이 모두 털어놓은 것처럼 여겨졌지만 어떤 건 분명 생략했을 것이다.

"내려온나. 나랑 한 번씩 이렇게 술도 마시고 놀자. 근데 오늘 너무 내 이야기만 했네. 사실 집에 초대한 건 옛날 일을 사과하고 싶어선데."

"옛날 일?"

"알고 있었는지 모르겠는데, 나 고등학교 다닐 때 니를 엄청 싫어했거든."

"왜?"

나는 몰랐던 사람처럼 굴었지만 모를 수가 없었다. 반장은 너무 티를 냈다. 교실에 앉아 있는데 내게도 다 들리도록 다른 친구들에게 "쟤 좀 이상하지 않나?" 수군거리며 낄낄댄 적도 있었다. 하지만 어디가 좀 이상하다는 건지는 말하지 않았다.

"그건 잘 모르겠어. 어릴 땐 다들 그렇잖아. 어떤 일을 하면서도 왜 하는지 몰라. 그냥 하는 거야. 어쩌면 싫어할 게 필요했는지도 모르지. 우리가 보기에 넌 뭔가 좀 이상했나 봐."

사람들은 자기가 하는 말이 무슨 뜻인지 잘 모를 때가 많다. 어릴 때만 그런 건 아니다. 미안하다는 말도 그렇다. 그 마음을 갖지도 않은 채로 그 말을 한다. 반장은 이번에도 나의 어디가 구체적으로 어떻게 이상하다는 건지는 말하지 않았다. 나도 자세히 묻지 않았다. 뒤늦게 또 상처를 받을 것 같았기 때문이었는지도 모른다. 반장이 '우리'라고 말하면서 나를 싫어했던 사람이 자신만이 아니었다는 걸 상기시키는 것에도 마음이 상했다.

"용서해 줄 수 있어?"

나는 반장의 얼굴을 보았다. 묘하게 서울말을 쓰고 있었다. 그래서인지 연기를 하는 것처럼 느껴졌다. 반장의 시선은 젓가락 끝에 있는, 자기가 먹으려고 막 집은 굴을 향해 있었다. 반장은 말하느라 먹을 타이밍을 놓쳐 버린 것 같은 굴 한 알을 뒤늦게 입에 넣고 오물거리면서 고개를 들었다. 만족할 만한, 달고 짭짤하고 고소한 맛을 느끼면서 내가 입을 열길 기다렸다.

"아니."

내 대답에 반장은 어이가 없다는 듯한 표정을 지었다. 취기가 올라 발그레한 얼굴로 약간 언성을 높였다.

"왜?"

"뭐가 왜야?"

"이유가 있어? 사과 안 받아 주는?"

"없지, 그런 건 없어."

"근데 왜 안 받아 줘? 오늘 말 안 했으면 내가 싫어했는지도 몰랐을 거 아냐."

"그러게, 왜 말했어?"

내 말에 반장은 또 어이가 없다는 듯한 표정을 짓더니 웃기 시작했다. 취했나? 술이 약하네, 그런 생각을 하고 있는데 반장이 중얼거렸다.

"씨발…… 하여튼 맘에 안 들어. 이러니까 싫어했겠지……."

이번에는 내가 어이가 없다는 표정을 지었다. 절로 그런 표정이 지어졌다. 그리고 나 역시 좀 취했는지 웃음이 나왔다.

"왜 웃어?"

"그러는 너는?"

왜 웃음이 나왔는지 알 수 없었다.

"엄마, 치킨 언제 와?"

뭘 하는지 방에서 조용히 있던 민정이 나와서 물었다. 어쩌면 웃음소리가 들려 뭐 재밌는 일이라도 생겼나 하고 나와 본 것 같았다.

"치킨 안 와."

반장은 심술궂게 대답했고 얼마 지나지 않아서 치킨이 왔다. 민정은 몇 조각 먹지도 않고 잠이 온다며 칭얼거렸다. 반장과 나 사이의 분위기가 냉랭한 것을 알고 눈치를 살피는 게 느껴져 괜히 민정에게 이런저런 말을 붙여 보았지만 민정은 반장을 쳐다볼 뿐 곧바로 대답을 하지 않았다.

"뭐 해? 어른이 물어보는데."

반장이 그렇게 말하고 나서야 민정은 대답했다.

"학교 가는 거 좋아요. 저도 이제 다 컸으니까요."

반장이 민정에게 양치질을 시키고 잠자리를 봐 주는 동안 나는 자리에서 일어나 가겠다고 인사를 했다. 배웅을 하려는 반장에게 그럴 필요 없다고 말하고 얼른 나와 버렸다. 대리운전을 부르고 조수석에 앉아 기다리는데 반장이 내려와 차창을 두드렸다. 문을 열어 줬더니 반장이 운전석에 냉큼 앉았다.

"내가 운전해 줄까?"

"돌았어? 술 마셨잖아."

"농담이야. 어차피 면허도 없어."

반장은 운전대를 잡고 좌우로 살살 흔들며 운전하는 시늉을 했다.

"이 시골에서 차도 없이 어떻게 살아?"

"택시 타야지 뭐. 나 운전 잘할 거 같지? 폼 나지 않아? 면허는 내년에 딸 거야. 사실 올해 쳤는데 떨어졌어. 내년엔 꼭 딸 거야. 혼자 애 데리고 다니려니까 있긴 있어야겠더라. 너도 태워 줄게. 가고 싶은 데 있음 말해 봐. 손님, 어디로 모실까요."

"헛소리하지 말고 빨리 올라가 봐. 애 깬다."

"괜찮아."

뭐가 괜찮다는 건지, 주어 자리에 어떤 단어를 생략한 건지 헷갈 렸다. 너무 많은 단어들이 나타났다 사라졌다 해서 나는 그냥 반 장에게 장단을 맞춰 주기로 했다. 나는 제일 먼저 베를린에 가고 싶다고 했다.

"네네, 고객님. 안전하게 모시겠습니다."

반장은 입으로 슝슝, 하고 소리를 냈다. 베를린으로 향하던 중 마음이 바뀌어 베이징으로 가겠다고 하자 반장이 중국은 비자를 따로 받아야 하므로 안 된다고 해서 어쩔 수 없이 홋카이도에 가기 로 했다. 차로 바다를 건널 수는 없는 노릇이지만 어차피 진짜 갈 것도 아닌데 왜 비자를 받아야 한다는 건지 알 수 없었다. 대리운 전 기사가 예상보다 더 늦어져 우리는 꽤 오래 드라이브를 했다.

모퉁이를 돈다며 반장이 꽉 잡으세요, 소리쳐서 손잡이를 잡고 몸을 기울이기도 했다. 취했기 때문인지 우리는 죽이 잘 맞았다. 찰떡 호흡을 자랑하는 만담꾼 같았다. 오래전에 서로를 싫어하지만 않았다면 제법 친한 사이가 될 수도 있었을 것이다. 그편이 더 좋았을 거라 말하려는 것은 아니다. 어차피 알 수 없는 일이니까.

"손님, 창밖 좀 보세요. 눈이 옵니다."

그 말에 나는 순간 진짜 눈이 오는가 했다. 지하 주차장이라 눈이 온다 해도 알 수 없을 텐데 잠에서 깬 사람처럼 서둘러 밖을 살피다가 그것이 계속된 농담의 연장이라는 걸 알았다.

"앗, 제가 잘못 봤나 봐요. 눈이 안 옵니다."

"눈 보고 싶다."

"눈 좋아해?"

"넌 싫어해?"

"응, 민정이가 감기 잘 걸리거든. 찬 바람 맞으면 안 되는데 눈 오면 참을 수가 없잖아."

"그러면 실은 엄청 좋아하는 거네."

반장은 고개를 끄덕끄덕했다.

우리의 긴 드라이브가 끝난 다음에도 반장은 침묵 속에서 자리를 지키고 있었다.

"할 말 있어?"

내가 묻자 반장이 장난스럽게 운전대를 흔들던 손을 멈추고 나를 보았다.

"진짜 용서 안 해 줄 거야?"

이제 와서 그런 게 뭐가 중요하냐고 묻고 싶었다. 이렇게 우연히 만나지 않았다면 절대 구하지 않을 용서 아니었냐고. 내가 용서를 해 준다고 해서 뭔가 달라지는 것이 있느냐고. 나는 그런 것들을 묻지 않았다. 반장이 어떤 대답을 내놓는다고 해도 그렇게 애원하는 듯한 표정을 보니 원하는 답을 해 주기가 싫어졌다. 어릴 때에 누군가에게 오랫동안 미움만 받았던 기억은 도무지 지워지지가 않았다. 상처가 됐다. 내 마음대로 할 수 있는 일이 아니었다.

"안 해 줄래. 그러니까 그냥 계속 싫어해."

반장의 표정은 빠르게 일그러졌다. 어쩌면 나도 그저 누군가에게 상처를 주고 싶었을 뿐이었는지도 모른다.

"미친, 진짜."

반장은 짜증 난다는 듯이 거칠게 문을 열고 차에서 내려서는 있는 힘껏 문을 쾅 닫고 떠났다.

서울로 돌아가기 전에 나는 엄마에게 맛있는 걸 해 주겠다고 호기롭게 말하고 반장의 집에서 먹었던 굴부추볶음을 했다. 엄마는 맛있다고 했지만 내 입엔 그날 먹은 것만큼 맛있지가 않았다. 나는 고민하다가 서울로 향하는 버스 안에서 반장에게 물어볼 결심이 섰다. 고향에서 점점 멀어지고 있다는 생각을 하자 그곳에서 있었던 모든 일들이 대수롭지 않게 느껴졌다.

— 그날 먹은 굴 말이야, 요리법 좀 알려 줄래?

내가 보낸 카톡을 확인한 반장은 다른 말은 없이 요리법이 적힌 블로그를 캡처해 보내 주었다. 고마워,라고 인사했지만 그 옆의 '1'은 서울에 가까워질 때까지 사라지지 않았다. 어쩌면 나를 차단했을 수도 있겠다고 생각했을 즈음에 답이 왔다.

— 또 먹으러 와.

뜻밖이었다. 그 문장을 물끄러미 보면서 나와 다시 만나고 싶다는 건가 의아해하는데 이어서 메시지가 왔다.

— 용서는 안 해 줘도 되니까 그냥 와.

그건 또 알 수 없는 말이었다. 반장도 자기가 무슨 말을 하고 있는지 잘 모를 것이다. 나는 도무지 무슨 뜻인지 알 수가 없어서 커튼으로 차창의 습기를 닦고 창밖을 바라보았다. 어둠 속에서 작은 눈발이 날리고 있어 한참이나 창에 코를 박고 있었다. 붕붕거리며 바닷속을 떠돈다는 굴 유생들도 저런 모양일까.

마지막 톨게이트를 지나자 실내등이 켜졌다. 서울에 돌아왔다는 생각에 몸이 나른해졌다. 이러니저러니 해도 내가 찰싹 들러붙어 살아가야 할 곳이었다. 한 자세로 오래 앉아 있어 굳은 몸을 풀려고 크게 기지개를 켰다. 안도할 만한 일은 아무것도 없는데도 나는 안도했다. 나는 반장을 용서하지 않아도 된다. 그제야 고향을 좀 그리워하는 마음이 생겼다.

천선란

2019년 장편 소설 『무너진 다리』를 연재하며 작품 활동을 시작했다.
소설집 『어떤 물질의 사랑』, 『밤에 찾아오는 구원자』, 장편 소설 『나인』
등을 썼다. 한국과학문학상, SF어워드 등을 수상했다.

05

그림자놀이

차단막의 효과는 영구적이며 제거 방법은 존재하지 않습니다. 그래도 수술을 시행하시겠습니까?

예, 하겠습니다.

수술을 한다면 당신은 타인의 감정을 공감할 수 없게 됩니다. 그래도 수술을 시행하시겠습니까?

예, 하겠습니다.

마지막으로, 당신의 선택은 자발적인 선택입니까?

……예, 저의 선택입니다.

본 영상은 증거 자료로 녹화되며 당신은 수술 이후의 부작용 및 의료 사고 등의 이유로 본 영상을 법정에서 증거로 쓰실 수 있습니다. 수술 동의 서명을 위해, 앞의 카메라를 바라보고 자신의 이름을 세 번 말하십시오. 세 번을 읊으면 자동으로 서명되며, 세 번을 다 읊기 전에 언제든 수술을 철회할 수 있습니다.

서 이라. 서 이 라. 서 이 라.

세 번째 같은 알람이 반복됐다.

그제야 알람 소리가 아니고 나를 찾는 전화벨 소리라는 것을 알았다. 커튼을 젖혔으나 아직 동이 트지 않은 시간이었다. 손으로 침대 옆 테이블을 더듬다 휴대폰을 밑으로 떨어뜨렸다. 전화가 끊겼다. 푸석푸석한 얼굴을 손바닥으로 감쌌다. 어림잡아 잠이 든 지 1시간 정도 지난 듯했다. 잠이 들기 전에는 3시간가량 뒤척였을 것이다.

시계를 확인해 본 것은 아니지만 늘 서너 시간을 침대 위에서 잠과 씨름하다 잠들고는 했다. 극심한 불면증이었다. 의사는 수면제를 조금씩 줄여 가는 게 좋다고 했다. 침대에 눕기 전에 적어도 2시간 전부터는 하지 말아야 할 목록들을 알려 줬지만, 그것을 다 지킨다고 해서 잠이 드는 것도 아니었다. 목록들을 지키는 건 필수였지만, 그다음에 잠이 들지 말지는 때에 따라 달랐다. 서랍에 구비되어 있는 수면제는 꺼내지 않기 위해 노력했다. 덕분에 적어도 1시간이라도 잠이 들기는 한다는 점이 위로가 되었다. 하지만 오늘은 그 얕은 잠마저도 더는 들 수 없게 되었다. 감은 적 없다는 듯 뻑뻑한 눈을 손바닥으로 천천히 문질렀다. 휴대폰을 꺼 놨어야지, 미련하기는.

전화가 다시 울렸다. 스탠드를 켜고 침대 밑에 떨어진 휴대폰을 찾았다. 병원에서 온 전화는 아닐 것이다. 급한 상황이어도 방금 교대를 끝내고 퇴근한 나를 부르지는 않을 거였다. 인계를 제대로 하지 않고 왔던가. 잠시 기억을 더듬었지만 빠뜨린 부분도 없었을 뿐더러 각별히 위급한 사항도 없었다. 그렇지만 병원 말고 나를 찾는 전화가 또 있을까. 반신반의하는 마음으로 휴대폰을 들었다. 화면에는 발신자 표시 제한이라고 떠 있었다. 스팸 전화도 이렇게 치밀하게 걸지는 않을 거였으므로 잠긴 목을 가다듬고 전화를 받았다. 이 시간에 누구신가요?라고 묻고 싶은 말을 눌러 삼키고는, 마치 방금까지 깨어 있었다는 사람처럼 평이하게 말이다. 하지만 내게 전화를 건 상대방은 그렇지 않았다. 시끄러운 잡음. 전화를 받았다는 것을 인식하자마자 자리를 옮긴 듯이 다급하게 깔린 정적.

"김도아 씨를 아십니까?"

이 새벽에 전화해 자기소개를 건너뛰고 다짜고짜 용건부터 말하는 상대방의 무례에 불쾌했으나, 아무런 대답도 하지 못하는 나에게 상대는 재차 물었다. 지체할 시간이 없다는 듯이, 찾는 사람이 아니라면 미련 없이 끊을 듯한 말투였다. 쌀쌀한 새벽 기온이 느껴졌다. 다시는 듣지 못할 줄 알았던 이름 석 자가 너무 낯설게 다가와 잠시 몸서리를 쳤다.

"예, 압니다."

"자택 앞으로 지금 차를 보내겠습니다. 그 차를 타고 오십시오."

상대방이 전화를 끊기 전에 다급하게 물었다. 누구시죠? 뭐 하는 곳인데……. 이 새벽에 누군지도 모를 이가 보낸 차에 탑승할 사람은 없을 것이다. 비록 상대방의 입에서 나온 이름 하나가 이유를 막론하고 가야 할 필연을 만들었지만. 상대방이 짧게 숨을 골랐다.

"한중 항공 우주국 사무처장 김휘라고 합니다. 어젯밤 11시경 밍티엔 3호가 지구에 도착했습니다. 자세한 건 와서 들으시죠."

차는 20분 후 집 앞에 도착했다. 운전기사 한 명과 차 앞에서 나를 기다리고 있는 경호원 한 명을 창밖으로 확인하고는 챙겨 두었던 짐을 들고 집을 나섰다. 짐이라고 해 봤자 신분증이 들어 있는 지갑과 휴대폰이 전부였다. 피곤한 몰골을 숨기려면 입술에 뭐라도 발라야 했던 걸까. 경호원과 눈이 마주쳐 도로 집으로 돌아가지 못해 하는 수 없이 차에 올랐다. 손거울도 챙기지 않아 선팅이 진하게 된 차창을 거울 삼아 얼굴을 정돈했다. 그러다 문득 이게 다 무슨 소용일까 싶었다. 밍티엔 3호가 지구에 도착했을 뿐, 탑승자들의 생사는 알 수가 없는 것을. 시신 처리를 위한 소환일지도 모른다. 서류에 보호자로 써넣은 사람이 나였으므로. 어쩌면 텅 빈 우주선만 돌아와서 시신 없는 장례식 이야기를 꺼낼지도 모르지. 찬 바람이 쐬고 싶어 창문을 열었다가 얼굴에 닿는 빗줄기를 느꼈다. 분무기로 뿌리는 듯한, 안개에 더 가까운 가늘고 가벼운 빗줄기였다.

차가 어디로 가는지 알 수 없었다. 꽤 먼 길을 달렸다. 도중에 보왔던 이정표에 인천이라는 글자가 쓰여 있던 것으로 미루어, 인천 항구에 있는 우주국 지사가 아닐까 추측할 뿐이었다. 손가락으로 밍티엔 3호가 처음 이륙했던 날로부터 몇 해가 흘렀는지 헤아렸다. 열 손가락으로는 전부 헤아릴 수 없었다. 당시 우리의 나이가 스물다섯이었으므로 자그마치 20년이 지났다. 살아서 돌아왔다고 한들 우리는 서로를 알아보지 못할 수도 있겠구나 싶은 생각이 들자 모든 고민이 부질없게 느껴졌다.

목적지에는 새벽 4시를 조금 넘긴 시간에 도착했다. 나를 기다리고 있었는지 사내가 곧바로 다가와 우산을 씌웠다. 곧 차 한 대가 더 도착했고 머리가 희끗희끗한 남성과 20대 중후반으로 보이는 여자가 내렸다. 나와 마찬가지로 자다가 다급하게 온 흔적이 역력한 몰골이었다. 그들이 누군지 알고 있다. 비록 품에 인형을 안고 있던 아이가 이제는 제 엄마가 떠났을 때의 나이가 됐을 만큼 컸지만, 왼쪽 눈 아래 있던 점은 그대로였다. 점으로만 아이를 알아본 것은 아니었다. 아무리 외형이 바뀌었다고 한들 사람에게는 그 사람만이 가진 고유의 원석이 있다. 아무리 깎고 다듬어도 기어코 알아볼 수 있게끔 빛나고 있는. 눈 밑의 점은 긴가민가했던 내게 확신을 주는 마침표 정도의 역할을 했을 뿐이었다. 여자와 문득 눈이 마주쳤다. 여자도 나를 알아보는 모양인지, 놀람과 반가움을 내비치더니 이내 옅게 웃으며 고개를 숙였다. 이름이 뭐였더라. 그동안 잘 지냈느냐고 다정히 이름을 부르며 묻고 싶은데 기억나지 않는다. 분명 이름을 소개했을 텐데……. 이것도 기억에 이상이 있을 수 있다는 부작용일까. 하지만 그보다는 세월에 따른 자연적인 퇴색일 것이다. 나도 여자를 따라 웃음으로 인사를 대신 했다.

부녀와는 대기실에서 다시 마주쳤다. 대기실에 오기 전까지 나는 간단한 본인 확인 절차를 거쳤고, 내가 20년 전 서명했던 동의서도 확인했다. 직계 가족과 친인척을 포함해도 마땅한 보호자가 없을 때야 가능한 '본인 임명 대리 보호자 확인란'에 내 이름 석 자가 쓰여 있었다. 보호자가 책임져야 할 것들에는, 귀향 후 탐사로 인해 질병을 얻었을 경우 항공 우주국의 지원으로 당사자를 보살 필 의무가 있다. 그 항목에 형광펜이 쳐져 있었다. 살아서 돌아온 것인가. 죽은 것과 다름없는 시간을 보내고서 이제야.

잠시 기다리라는 말을 듣고 의자에 앉았다. 부녀와 마주 보는 자리였다. 남자는 긴장한 듯 손수건으로 연신 손을 훔치고 있었 다. 나는 남자의 행동을 유심히 보았다. 손에 난 땀을 닦고, 숨을 천천히 들이마셨다가 소리 없이 내뱉고, 눈을 지나치게 많이 깜빡 이며 마른 입술을 혀로 훔친다. 초조함, 긴장감, 설렘…… 그런 단 어들이 떠오른다. 저 남자는 그런 감정들을 느끼고 있는 것일까. 여자라고 다를 것 없었다. 대신 지나치게 떨고 있는 남자를 위해 다소 침착함을 유지하려고 애쓰고 있을 뿐이다. 여자와 다시 눈이 마주쳤다. 여자는 나를 물끄러미 바라보다가 남자에게 무어라 속 삭였다. 아마도 나와 대화를 하고 오겠다는 말인 듯했다. 남자가 고개를 끄덕이자, 여자가 다가와 내 옆에 앉았다.

내 손을 포개 잡는 여자의 손바닥에는 굳은살이 마디마디 박혀 있었다. 어쩌다 생긴 굳은살이 아니라 긴 시간 동안 터졌다 아물 었다를 반복한 흔적이었다. 무슨 일을 하는 걸까. 손을 많이 쓰는 직업 따위를 생각하고 있는 내게 여자는 조심스럽게 물었다.

"수술을 받으셨나요?"

여자의 눈에 내가 지나치게 덤덤했으리라. 나는 6년 전쯤이라 고 대답했다. 여자는 옅은 탄성을 뱉으며 고개를 끄덕였다. 본격 적으로 시행된 지 4년 후에야 받은 수술이었다. 나 역시도 버틴다 고 버티다 느지막이 받은 수술인데, 아직도 수술을 받지 않은 사람 이 남아 있을 줄이야. 여자는 자신들의 미련함을 수습하기 위해서 였는지 묻지 않은 변명을 댔다.

"엄마를 위해서였어요. 돌아오실 거라 굳게 믿고 있었으 니까……."

"저도 돌아오지 않을 거라는 생각은 안 한걸요."

믿음의 차이가 있을 순 있겠지만, 그 애가 우주에서 죽었다고는 단정 지은 적은 없었다. 여자가 당황한다. 그럴 필요 없다는 것을 곧장 깨달았을 테지만 제 마음에 걸렸는지 미안하다는 말을 아주 작게 중얼거렸다. 필요 없는 사과였다. 사과하는 사람은 있지만 받는 사람은 존재하지 않는. 관리자가 대기실로 들어오며 여자는 남자에게 돌아갔다. 관리자는 부녀를 먼저 밖으로 안내했다. 부녀 는 대기실을 나가는 순간까지도 서로의 손을 꽉 붙잡고 있었고, 나 는 그 모습을 문이 닫힐 때까지 바라봤다.

언론에는 오늘 아침 뉴스를 통해 보도될까. 정확한 정보만을 전달하기 위해 모든 것이 정리된 후에 보도하려면 사나흘은 더 걸릴지도 모른다. 사람들의 마음을 동하게 하는, 신속하지만 부정확한 정보는 이제 아무 소용없다.

방금 나간 부녀를 떠올리며 괜히 내 손바닥을 맞잡았다. 소독약품으로 쉼 없이 세척한 탓에 피부가 건조하다. 크림을 바르고 나오는 걸 깜빡했다. 관리자가 문을 열고 나를 불렀다. 나는 그와 나란히 걸으며 복도 끝으로 향했다.

"정확히 어느 정도의 시간이 흘렀나요."

내가 물었다.

"20년 3개월요."

문 앞에서 나와 통화했던 사무처장 김휘를 만났다. 김휘는 악수와 함께 본론부터 꺼냈다.

"간호사로 15년째 일하고 계신 거 맞습니까?"

"예, 맞아요."

"다름이 아니고, 서이라 씨께 부탁하고 싶은 것이 있어서요. 탑승자들의 전담 의료인이 되어 주실 수 있는지요. 허락하신다면 다니고 계시는 병원에는 피해가 가지 않도록 대체 인력을 넣을 겁니다. 물론 거절하셔도 상관없습니다."

나는 김휘의 말을 단번에 알아듣지 못했지만 그는 내가 모든 문장을 이해하고 되물을 때까지 차분하게 기다렸다. 전담 의료인이라 함은 우주에 장시간 나가 있던 탑승자들의 망가진 몸을 봐 주는 일이리라. 보호자 중에 의료인이 있으면 한 번쯤 물어볼 수 있는 질문이라 생각했다. 나쁘지 않은 제안이다. 일을 그만두지 않는 한 3교대인 직장에서는 그 애를 만나러 올 시간도 녹록지 않을 테니.

"얼마나 봐야 하죠?"

"열흘 정도입니다."

생각보다 길지 않은 기간이다. 그 시간 안에 모든 걸 치료하고 일상으로 돌아갈 수 있다는 뜻일까. 김휘가 다시 입을 열었다.

"그 이후에는 탑승자들이 살아 있지 않을 테니까요."

그 애는 잠을 자고 있었다. 실크로 만든 것처럼 보이는 편안한 옷을 입고는 마치 그곳에서 오래도록 잠을 잤던 것처럼 편안해 보였다. 침대 옆 창문은 서해안을 담고 있었다. 푸른 불빛을 내뿜는 공기 청정기와 은은한 조명을 한 번씩 훑어보고 얇은 커튼을 젖혔다. 일정하게 오르내리는 복부와 안정적이게 움직이는 바이털 사인. 나는 등받이 없는 둥근 의자 위에 앉았다. 떠났을 때보다 조금 더 길어진 머리카락은 간신히 목에 닿을 듯했다. 이 애와 만나는 순간을 오래도록 상상했다. 어느 순간부터는 상상이 감정을 뒤흔들지 않았지만, 그렇다고 생각을 안 한 건 아니었다. 하지만 내가 떠올렸던 모습은 나와 함께 세월을 흡수해 가는 '늙음'이었다. 도아가 떠나기 전에, 다시 만나게 된다면 우리에게 나이 차이가 생길지도 모른다는 이야기를 했었던 것이 이제야 떠올랐다.

도아는 그대로였다. 떠났을 때 모습과 조금도 바뀌지 않았다. 나는 20년을 기다렸지만 이 애로서는 고작 몇 년 만에 내게 돌아온 것이다.

김휘의 말을 떠올렸다. 우주에 오래도록 나가 있던 그 애의 몸이 우주 방사선에 수없이 피폭되었고 지구에 돌아왔을 때는 급성 골수성 백혈병이 상당히 진행된 상태였다고. 검사를 했던 의료진의 말에 따르면 항암 치료조차도 소용없는 마지막 단계라고 했다. 하지만 도아의 얼굴을 보고 있자니 왜 김휘의 말이 거짓말처럼 느껴지는 것일까. 도아는 그저 힘든 훈련을 마치고서 이제야 제대로 된 휴식을 취하는 전사 같았다. 잠들어 있는 얼굴에도 그 정도의 강인함이 엿보였다. 원래부터 단단한 애였지만 긴 항해의 끝에 죽음이 기다리는 순간에서조차도 그것을 유지할 수 있다는 것이 놀랍다. 예전부터 생각했지만 우리는 어쩌면 태초부터 다른 종족일지도.

언제 깨어날지 모르는 도아를 바라보다 잠시 방을 빠져나왔다. 옆방에서 울음소리가 들렸다. 20년 만에 만난 가족이 서로를 부둥켜안고 우는 소리였다. 문에 난 작은 창으로 안을 들여다보았다. 모녀는 바짝 붙어 앉은 채 서로의 얼굴을, 놓쳤던 세월을 샅샅이 뜯어보고 있었고 남자는 그 둘 옆에 앉아 연신 눈물을 훔치고 있었다. 세 가족의 모습은 마치 아버지와 두 딸의 모습 같다. 한동안 그 셋의 모습에서 눈을 떼지 못하다가 김휘를 만나기 위해 걸음을 옮겼다. 엄마를 위해서 수술을 받지 않았다는 여자의 말이 떠올랐다.

내가 수술을 결심하게 된 이유 중 가장 큰 몫은 직업에 있었다. 간호사가 감정 노동자는 아니잖아. 먼저 수술을 결심한 동기의 말이 마음속에 내내 얹혀 있다가 끝내 수술 동의서에 서약하게 만들었다.

타인에게 공감하지 않음으로써 상처받지 않을 수 있다. 수술이 처음 소개되었을 때 의학계에서는 그렇게 설명했다. 누구나 머릿속에 거울을 가지고 있다. 상대방의 마음을 비출 수 있는 거울이다. 그 거울을 통해 상대방의 감정을 관찰하고 모사하며 공감을 이끌어 낸다. 상대방의 화난 마음, 상처받은 마음, 그로 인해 내 안에서 피어나는 공감대의 형성. 그 감정이 나를 상대방과 같은 처지에 놓이게 한다. 전쟁은 내집단(內集團)에 대한 정서적 공감이 극대화되어 초래한 비극이라 했다. 우리 사회에 만연한, 칼을 쥐고 있지 않아도 행해지는 수많은 전쟁과 살인들이 결국 '공감'에서 비롯되었다는 결과가 도출되었다. 수술은 그 거울을 깨뜨린다. 거울 뉴런계를 차단함으로써 타 개체의 행동을 관찰하거나 모방하지 않아, 거울을 통해 개체의 마음을 공감할 수 없게 한다. 이를 '깨진 거울 수술'이라 불렀다.

수술은 시술이라 불릴 만큼 간단했다. 1시간 안으로 끝났고 회복 기간도 필요치 않아 모두가 간단히 뇌를 바꿨다. 부작용도 크지 않았다. 과거에 대한 기억이 조금 틀어질 수 있다는 것과 타인과의 공감뿐 아니라 자발적인 감정마저도 둔화된다는 것인데, 사람들은 후자를 부작용이 아닌 극대화된 효과라고 칭했다. 타인을 통해 옮겨 오는 감정을 제외하고 인간이 하루에 느낄 수 있는 감정은 그리 많지 않았으므로 어찌 보면 당연한 결과였다. 예능 프로그램을 비롯해 드라마나 영화 같은 콘텐츠들은 수술 시행 후 5년 이내에 빠르게 사라져 갔다. 사람들의 감정을 동요시키는 가짜 뉴스와 자극적인 기사도 사라졌다. 그토록 원했던 담백한 사회를 만들기 위해서는 거울 하나만 깨뜨리면 되는 거였다.

나는 김휘를 다시 찾아가, 보류해 두었던 답을 했다.

"할게요, 전담 의료인. 고통을 멎게 해 주는 정도라면 무리 없을 거예요. 그리고 저 말고 당장 이들을 돌볼 적임자를 찾아 놓은 것 같지도 않고……."

내 말에 김휘는 어떤 긍정도, 부정도 하지 않은 채 웃어 보이기만 했다. 김휘가 자리에서 일어났다. 처음 봤을 때도 생각했지만 키가 훤칠하고 팔다리가 길었다. 곧게 뻗은 가로수 같은 인상이었다. 김휘가 바지 주머니에서 손을 뻗어 내게 악수를 청했다. 손을 맞잡자 김휘가 기다렸다는 듯이 입을 열었다. 마치 미리 준비한 녹음을 재생한 느낌이었다.

"김도아 씨에게 가족이 없었으니 어쩔 수 없는 선택이기는 했겠지만 보호자가 되는 건 쉽지 않았을 선택이었을 텐데요. 말이 보호자이지 지구에 붙잡은 인질이라고 해도 다를 게 없었으니까."

"외계인을 만나 그편에 서서 지구를 침략할 것 같지는 않은 애 잖아요."

김휘는 옅은 실소를 터뜨렸다.

"사이가 좋았나 봐요, 친구끼리."

"친구한테 빚을 진 게 있어서요."

의외라는 눈빛이다. 그 의문을 이해 못 하는 것은 아니다. 도아의 우주 비행사 자격을 논하던 20년 전, 도아의 채무 관계와 대인 관계에 대한 조사는 이미 다 끝내 놓았을 테니까. 내 빚은 평생 기억 속 한 자리를 지키고 있는 무거운 질량이다. 김휘도 곧 그것이 금전적인 빚이 아님을 깨닫고는 고개를 끄덕였다. 하지만 얼굴에는 여전히 이해하지 못하겠다는 의문이 가시지 않은 채였다.

"수술을 받으셨다고 알고 있는데……."

김휘가 자신의 의문을 어렴풋이 꺼냈다. 타인의 감정을 비추는 거울이 깨졌다고 해서 내가 느낀 타인에 대한 감정까지 깨지는 것은 아닌데 사람들은 이 둘을 종종 혼동했다. 굳이 지적하지 않아도 김휘는 방금 뱉은 말이 논리적이지 않다는 것을 금방 알아차릴 사람이었다.

"수술을 받았다고 해서 빚이 사라지는 건 아니잖아요."

나는 그 말을 끝으로 몇 시간 자리를 비운다고 통보했다. 아무리 대체 인력이 들어간다고 할지라도 전후 사정은 어느 정도 직장에 설명해야 할 터였다. 동료들은 내 상황을 안타깝게 느끼거나 기적이 일어난 것처럼 기뻐하지는 않을 것이다. 수고하고 오라는 형식적인 인사를 건네겠지. 타인에게 불필요한 동정을 받지 않으니 가볍고 산뜻하다. 김휘는 이동을 도와주겠다며 차 한 대와 운전기사를 붙여 줬다. 동인천 끝자락에서 서울에 있는 집까지, 새벽에 나온 차림으로 돌아갈 체력이 없었으므로 나는 기관에서 하는 응당한 절차적 예의를 당연하게 받아들였다.

내가 돌아갈 때까지도 옆방의 가족들은 서로의 손을 맞잡고 이야기를 나누고 있었다. 입은 웃고 있지만 눈은 아직도 마르지 않았다. 저들도 이야기를 들었을까. 이제 막 돌아온 저 비행사에게 남은 시간이 고작 2주 남짓이라는 것을. 도아는 급성 골수성 백혈병이었지만 다른 비행사는 혈액에까지 이미 암이 퍼져 있었다. 우주를 함부로 휘젓고 다닌 죄일까. 보통의 죽음보다도 훨씬 지리멸렬하다.

죽음에 가까워지는 순간의 감각을 알고 있다. 그건 모든 것들이 나와 멀어지는 기분이다. 모든 공간에 일어나는 일들이 전부 나와 관련 없이 벌어지고 있는 것 같은. 커튼을 뚫고 들어와 벽에 새겨진 햇빛의 줄기마저도 나와 전혀 상관없이 굴러가는 지구의 일인 듯한 기분. 이 행성의 모든 일이 나를 제외하고 일어나고 있다는 생각이 든다. 사회는 물론이고 꽃이 피고 지고, 해가 뜨고 지고, 바람이 불고 비가 내리는 자연적인 현상에서마저도 제외되어 있다는 생각. 한때는 내가 살아가기 위해 일어난다고 믿었던 것들이 철저하게 나에게서 멀어진다. 그 모든 일은 계속 살아갈 이들을 위한 것이지 곧 죽을 나를 위한 일은 아닐 테니.

내가 그런 생각을 했던 시절은 아주 오래전이다. 병원에 오래 있다 보면 병원 밖의 세상이 마치 다른 행성의 일처럼 느껴진다. 하물며 유치원보다 먼저 병원에 들어가야 했던 나는 어땠던가. 엄마는 열 밤만 지나면 집으로 돌아갈 거라고 말했지만, 엄마가 말했던 열 밤은 내가 알고 있는 열 밤과 달랐다. 내 몸속에 자리 잡고 있던 '괴물'의 시간으로 흘렀을 것이다. 괴로운 순간은 길게, 행복한 순간은 거짓이었던 것처럼 만드는 놈이다. 어떤 형태의 괴물이었는지는 시간이 너무 흘러 중요하지 않고, 가장 중요한 것은 괴물이 내 몸속에 살았었다는 것이다. 아주 오래전에, 아주 잠시 말이다.

병원으로 가 동료들에게 인사를 남기고 인천으로 돌아왔을 때 도아는 잠에서 깨 책을 읽고 있었다. 아니, 저건 책이 아니라 갈색 가죽 커버 다이어리다. 도아가 떠날 때 내가 선물했던 것이며 그곳에서 보았던 것들, 들었던 생각들을 빠짐없이 적어 오라는 숙제를 함께 줬다. 도아는 내 숙제를 완성했을까. 푹 빠져 읽고 있는 도아를 방해하지 않기 위해 최대한 조용히 몸을 돌렸지만 등 뒤로 다이어리 덮는 소리가 들렸다.

"이라니?"

몸이 멈춰 움직이지 않는다. 목소리까지 이리도 그대로일 줄이야.

"이라야."

이번에는 꽤 확신에 찬 목소리로 부른다. 뒤돌아볼 수가 없다.

나는 어쩌면 네가 나를 알아보지 못할 거라는 희망을 가지고 있었는지도 모른다. 우리에게 몇십 년의 간격이 생겼다는 것을 도아는 모르고 있을 수도 있지 않을까 하는 얄팍한 기대를 가져 본다. 그럴 리가 없겠지만.

도아가 기억하는 모습과는 사뭇 다를 모습으로 뒤돌았다. 창밖으로 거무죽죽한 인천 바다와 해를 완전히 가린 먼지가 안개에 뒤섞여 자욱했고, 도아는 마치 어제 헤어졌다 다시 만난 사람처럼 이질감 하나 없는 모습으로 나를 바라보고 있었다. 나는 하나로 묶어 쓸어 넘길 일도 없는 머리카락을 괜히 매만지며 도아에게 향했다. 발뺌할 수도 없었다. 그럴 이유도 없었거니와 시간이 아무리 흐른다 한들 사람은 지문과 같아서 어떤 모습으로 변하든 알아보게 되어 있다. 내가 그 여자를 단번에 알아본 것처럼. 더 시간을 끌지 못하고 도아 옆에 서자, 도아가 다이어리를 내려놓고 내게 악수를 요청했다. 백량금 잎사귀같이 길게 뻗은 도아의 손. 한 손으로 내 두 손을 감싸 잡을 수 있던 그 손을 실로 오랜만에 맞잡는다. 손바닥 사이로 얼마만큼 뒤틀린 시공간이 소용돌이치고 있을까.

도아에게 말했다.

"보고 싶었어. 수고했고. 기다렸어."

내가 자리를 비운 동안 김휘에게서 이야기를 들었다는 도아는, 자신을 돌봐 줄 사람이 나라는 것과 자신에게 남은 생이 얼마 남지 않았다는 것을 모두 알고 있다고 말했다.

"세상이 많이 바뀌었더라. 그 수술에 대한 이야기도 들었어. 네가 받았다는 것도. 너를 보기 전까지 그 수술이 뭐를 의미하는지 정확히 알아듣지 못했거든."

도아는 잠시 말을 머뭇거렸다.

"근데 너를 보니까 바로 알겠다."

"그게 무슨 말이야?"

"그걸 내가 말해 봤자 아무 소용도 없잖아. 그렇지?"

도아의 말을 이해할 수 없어 아무런 대답도 하지 못했다. 도아는 대화가 아니라 혼자 중얼거리고 있는 듯했다.

"내가 아는 너랑 많이 달라졌네."

"나이가 이제 마흔다섯이니까……."

"그런 의미가 아니야."

도아가 고개를 저었다. 나를 낯설어할 것이라고 생각은 했지만 이렇게까지 나를 내치리라고는 생각하지 않았다. 반박이나 변명을 하지 않으려고 입을 다물었다. 타인의 결정은 내가 교정할 수 있는 것들이 아니다. 단지 반박의 의지를 상실한 채 도아의 말을 기다렸을 뿐인데 그 애는 내 다문 입술을 바라보다 입을 열었다.

"너는 서이라가 아닌 것 같기도 해."

자꾸만 나를 부정하는 도아에게 물었다.

"그럼 나는 뭔데?"

"나도 모르지."

"……쉬어. 필요한 게 있으면 언제든 나한테 말하고."

너도 모르고 나도 모르는 걸 고민하고 있어 봤자 시간만 아깝게

흐를 것이다. 도아에게는 허송으로 날릴 시간이 없지 않은가. 침
대 밑 쓰레기통을 비우고 걸음을 돌렸다. 문을 연다.

"내가 여기로 돌아오는 동안 줄곧 상상했던 너와의 재회는 이게
아니었거든. 처음이야, 너를 맞히지 못한 거."

문이 닫힌다.

❧

"속 안 좋으세요?"

"예?"

"자꾸 문지르시길래요."

그제야 내가 오른 손바닥으로 가슴께를 문지르고 있었다는 것
을 알아차렸다. 마치 내 것이 아닌 듯한 낯섦에 손바닥을 가만히
주시했다. 속이 불편한 것은 느끼지 못했다. 나는 아니라며 다급
히 손을 물렸다. 나와 함께 이곳에 온 간호사 '홍'은 그래요? 하고
는 금방 관심을 거뒀다. 환자들이 쓸 수건을 정리하고 있는 홍의
뒷모습을 유심히 본다. 질문을 던진 적 없다는 듯한 무심한 등이
다. 홍이 잘 개어 놓은 수건과 깔개를 들고 병실로 향하고, 나는 차
마 할 말을 끝내지 못한 미련한 짝사랑꾼처럼 입술만 다셨다. 도
대체 무슨 말이 하고 싶은 걸까. 입안에서 만들어 내지 못한 이 문
장은.

옆방 여자의 이름은 연정이다. 연정은 아침부터 저녁까지, 잠을

잘 때 빼고는 잠시도 빼놓지 않고 제 엄마 옆을 지켰다. 올해 초 대학교를 졸업하고 여태 일이 없어 모든 시간을 엄마에게 할애할 수 있다고 말하며, 그것을 '다행'이라 표현했다.

"온전히 한 사람에게 집중할 수 있는 시간은 살면서 잘 나지 않잖아요. 마지막을 꽉 채울 수 있어 위로가 돼요."

연정의 모녀가 머무는 병실에는 물건들이 많았다. 그중 눈에 띈 건 앨범이었다. 커버에는 언제부터 언제까지의 사진이 담겼는지 연도가 적혀 있었다. 내가 환자의 상태를 체크하며 앨범을 곁눈질하고 있다는 걸 눈치챈 연정이 먼저 말을 꺼냈다.

"옛날에는 엄마가 왜 그렇게 사진에 집착하는지 몰랐는데 이제 알겠어요. 정말 남는 게 사진밖에 없네요."

"그래요?"

나는 적당히 추임새를 넣었다.

"나는 잊고 살았다고 생각했는데 실은 그게 아니라 여기에 다 저장해 뒀던 거죠. 그때의 감정까지 고스란히 다요."

나는 별다른 대꾸 없이 혈압과 체온을 체크했다. 마땅히 해야 할 말이 떠오르지 않았다.

"감정을 기억하고 싶을 때는 그래서 사진을 봐요. 그럼 떠오르거든요. 특히 사진은 대부분 행복한 순간들이잖아요. 몇 개 빼고는. 그러니까 이게 행복을 뽑을 가능성이 큰 복권인 셈이죠."

챙겨 온 것들을 정리했다. 병실을 나가기 전까지 링거와 병실 온도를 한 번 더 체크하고는, 나를 보고 웃고 있는 연정을 향해 비

숫한 모양새로 화답했다. 좋겠어요, 앨범. 저도 집에 있는데 꺼내 봐야겠네요.

하필 직전에 모녀의 병실을 보고 온 탓에 도아의 방이 헛헛해 보이는 것뿐이리라. 기척 없이 움직이려 노력했지만 도아는 누워 있던 몸을 일으키며 알은체를 해 왔다. 나만이 아직도 도아와 나 사이에 생긴 시간의 물리적 거리를 받아들이지 못한 모양이었다. 도아는 자신보다 스무 살은 더 나이 많은 나를 보고도 스스럼없이 이름을 불렀다. 도아는 내게 궁금한 게 많았다. 언제부터 이 일을 시작했는지와 그 후에 어떤 일들이 있었는지, 우리 가족의 안부까지도.

내게 특별한 일이 있었더라면 네게도 내 삶을 우주 탐험을 다녀온 것처럼 들려줄 수 있었을 텐데, 내게 일어난 특별한 일이라고는 절친했던 친구가 지구 대표로 뽑혀 우주에 나갔다는 그 사실 하나밖에 없었다. 그것 외에 모든 것이 지루하리만치 평범하게 흘렀다. 내가 가장 바란 미래이기는 했다. 하루가 못 견디게 답답할 만큼 지루하게 흘러가는 것. 나는 그제야 내가 바란 대로 살고 있었음을 깨달았다.

도아가 잠시 뜸 들이다 물었다.

"결혼은?"

나는 고개를 저으며 짤막한 이유를 덧붙였다. 마땅한 여유도, 마땅한 사람도 없었다는 지극히 타당한 이유였다.

"혼자가 편하기도 했고, 굳이 할 필요도 없고……."

도아는 느리게 고개를 끄덕였다. 문득 지금 도아가 어떤 기분일지 궁금해졌다. 어떤 감정을 느끼기는 할까. 도아의 얼굴을 유심히 바라보지만 그저 인체의 한 면적일 뿐이다. 구겨진 종이를 보고 심미적인 추론은 가능할지라도 감정을 느낄 수는 없다. 조금 더 솔직하게 말해, 너를 떠올리느라 다른 사람을 사랑할 시간이 없었다고 했을 수도 있지만 그런 말들이 시간이 얼마 남지 않은 도아에게 짐이 된다는 것쯤은 알고 있다.

도아의 시선이 밑으로 떨어진다. 그곳이 내 가슴께인 것을 알아차린 후에야 나는 아까처럼 내가 가슴을 문지르고 있다는 것을 알았다. 아차, 싶은 마음으로 손을 떼어 냈다. 나도 내가 왜 이런 행동을 하는지 알 수 없었다. 가슴에는 아무런 감각도 느껴지지 않는다. 감정의 멍울도 잡히지 않는다.

"이제 네 이야기 좀 들어 보자."

나는 자세를 고쳐 잡고 도아에게 말했다. 여태껏 심문 같은 시간을 견뎠으니 이제 도아가 당할 차례가 되었다고 생각했다. 나는 다발을 장전한 채 준비된 저격수의 태세를 갖추었지만 도아는 손을 살랑살랑 저으며 내 공격에 미리 막을 쳤다. 도아는 피곤해서 한숨 자야 할 것 같다고 잘라 말했다.

예전이라면 내빼는 도아를 붙잡고 도망가지 못하게 온몸으로 깔아뭉개 괴롭혔을 것이다. 도아는 나보다 체력이 좋았지만 내 끈질김에 언제나 두 손 두 발 들던 아이였다. 하지만 이제는 그때의 천진난만함을 꿈꿀 수 없다. 나는 차분히 병실 온도를 체크하고 햇볕이 덜 들어오도록 블라인드 방향을 조절한 후 병실을 빠져나 갔다. 문을 닫기 전 돌아누워 있는 도아의 등을 바라보았다. 가죽 밖에 남지 않은 것이 앙상하게 말라 비튼 나무의 사체 같다. 물 한 방울 흡수해 내지 못하는, 생명력을 완전히 잃어 살아 있다고 칭할 수 없는. 도아는 자신의 양분을 어디에 빼앗기고 왔을까. 우주에 는 아무것도 없다면서…….

도아에 대한 이야기를 조금 해야겠다. 도아를 처음 만난 것은 여덟 살이 되던 해 1월이었고, 대학 병원 로비에서였다. 도아는 엊 그제 태어난 제 동생을 보기 위해 외할머니 손을 잡고 병원을 찾 았고 나는 그즈음 소아 병동의 터줏대감 자리에 들려던 참이었다. 반복되던 병원 생활이 익숙하고도 몸서리칠 정도로 지겨웠던 나 는 병원 간호사들을 속 썩이는 골칫덩이 중 한 명이 되었다. 어느 순간부터 진료 시간만 되면 병원 곳곳을 숨어 다녔기 때문이다.

도아는 내 마흔 번째 숨바꼭질에 불쑥 참여한 길드원이었다. 술 래가 점점 감시망을 좁혀 오던 로비 안내 데스크 뒤편, 멀리서 나 를 지켜보던 도아는 졸고 있던 외할머니 손을 놓고 내게 다가와 손 을 붙잡았다. 도아가 나를 이끌고 데리고 간 곳은 태어난 지 얼마 되지 않아 쭈글쭈글한 제 동생 앞이었다. 동생이 누워 있는 신생 아실 침대를 캡슐이라 부르며, 지구인이 되기 위한 마지막 수속 과 정을 밟고 있는 중이라고 설명했다.

지금은 외계인이었던 기억을 지우고 있는 중이야. 그래서 계속 잠만 자는 거야.

굳이 왜 지워?

외계인이면 지구인들과 말이 통하지 않아. 지구인들도 외계인이었을 때의 기억은 다 지웠으니까.

말이 통한다는 게 뭐야?

응?

엄마도 만날 나보고 말이 통했으면 좋겠다고 하는데, 그게 뭐야? 나는 다 듣고 있는데 왜 안 통한다고 해?

도아는 신생아실을 바라보느라 들고 있던 까치발을 내리고는 생각에 잠겼다. 그때 도아의 동생이 울지 않았더라면 오래도록 생각에 잠겨 있었을 테지. 아이가 울자, 간호사는 여유 있게 다가와 아이의 기저귀를 한 번 확인하고는 새 기저귀를 꺼내 갈기 시작했다. 도아는 그 모습을 가리키며 저거야, 하고 말했다.

저게 뭔데?

초능력.

초능력?

모든 대화는 초능력이야.

초능력도 결국 능력이어서 개인마다 차이가 존재했고, 아무리 노력한다 한들 타고난 기질은 결코 뛰어넘을 수 없었다. 도아는 등급으로 치자면 A급 초능력자였다. 그 정도의 능력치가 되면 말로써 고통을 나눌 수 있었다. 이 말은 이제 아무 소용없는 문장이지만 한때 도아는 나의 고통을 끊임없이 나눠 가졌고, 그 일에 '그림자놀이'라는 특별한 이름을 붙였다.

도아의 이야기를 이어 가 보자면, 도아에게는 여덟 살 차이 나는 동생과 부모님이 있었지만 도아가 열다섯 살 되던 해에 도아만 남겨 두고 모두 세상을 떠났다. 술에 취한 남성이 스스로 목숨을 끊기 위해 건물에 불을 질렀다. 그 불에 뛰어들기만 하면 됐지만, 남성은 순간 결정을 번복하고 살기 위해 도망갔다. 자신이 질러 놓은 불은 미처 끄지 않은 채로 말이다. 누군가는 우연의 비극이라고 표현했지만 비극 앞에 우연은 붙을 수 없다. 그 집이 도아의 집이었다는 것에는 우연이란 말이 필요하지 않다. 비극만 있을 뿐이다. 도아는 절망 속 지푸라기처럼 살아남았다.

　방화를 저지른 남성은 하루가 지나지 않아 잡혔다. 방송에서는 남성의 대략적인 신상 정보와 그의 일생에 대해 보도했다. 남성이 밟아 온 삶의 밑바닥, 끊임없는 사회의 차별, 회생 불가능의 구조…… 그런 것 따위를 줄기차게 보도했다. 세상에 사연 없는 사람이 어디 있겠는가. 그래, 그 남성의 삶도 눈물 없이는 볼 수 없다고, 억만 걸음 양보해 그렇다 치더라도 한순간에 아무 죄 없이 빼앗긴 한 가정의 내일은, 도대체 무엇으로 보상받을 수 있다는 말인가. 지나치게 남성에게 관대했던 사회는 실형 6년을 선고했다. 세 사람이 앞으로 10년만 더 살았다고 하더라도 30년은 받았어야 했던 것을. 도아가 말했던 인간들의 초능력은 가해자에게 통했던 것이다.

　세상이 미친 것 같아.

　내가 말했을 때, 도아는 오히려 나를 끌어안아 주며 말했다.

내 생각에도 그래.

나는 철없이 도아의 품에 안겨 울었다. 울음이 소리의 전부였던 시절까지 포함해 그렇게 서럽게 울었던 것은 그날이 처음이자 마지막일 것이다. 온몸을 쥐어짜 내듯 울었다는 사실만 기억에 남는다. 그때의 감각은 오래되어 흐려졌다. 단지 도아가 했던 말만이 내게 오래 남았다.

네가 울어서 내가 울어야 할 양이 사라졌어.

도아는 이모네 집에서 함께 살았다. 그즈음부터 도아는 우주로 나가는 일을 꿈꿨는데, 지구에 말이 통하는 사람이 나밖에 남아 있지 않은 것 같다며 우주로 나가고 싶다고 했다. 그 이유가 참인지 아닌지는 알 수 없었지만 나는 그냥 그랬냐고, 네가 우주로 나가면 나는 너와 어떻게 대화를 해야 하느냐고 물었던 것 같다.

도아가 탄 우주선이 떠날 때까지 나는 그 애가 여수나 제주도, 미국이나 중국이 아닌 우주로 나간다는 것이 믿기지 않았다. 비행기가 아니라 우주선을 타고 이 행성 어디도 아닌 우주라니. 그게 가당키나 한 말일까.

그날 집으로 돌아와 나는 오래도록 잠이 들지 못했다. 눈을 감으면 도아의 표정이 자동으로 재생되는 영상처럼 떠올랐다. 사랑하는 사람을 여태 만나지 못했다는 내 말을 듣고 있던 도아의 표정을 지금의 나로서는 이해할 수 없다. 어떤 말을 꺼내고 싶었던 것일까. 어쩌면 너무 오래도록 묵혀 놔 더는 꺼낼 수 없는 상태가 되어 버린 말일지도 모르겠다.

또 가슴께를 쓸고 있다. 하지만 이번에는 잘못을 들킨 것처럼 손을 무르지 않는다. 이유는 알 수 없지만 손이 움직이는 대로 내 버려 두었다. 수술하기 전에는 언제 이런 행동을 했더라. 가슴이 답답하거나 쓰라릴 때였던가. 하지만 그건 수술하기 전의 이야기이다. 어떤 이유든 현재의 나는 재미없는 예능 프로그램처럼 무미건조할 뿐이다. 밤늦도록 도아의 생각이 멈춰지지 않는다. 이제야 현실처럼 다가온다.

도아가 돌아왔다. 생을 며칠 남기지 않고서.

⚘

모녀의 병실에서 나온 괴성이 복도 전체를 메운다. 통증을 잠재우기 위한 처방으로는 모르핀밖에 남지 않았다. 다급히 장비를 챙기고 병실로 들어섰다. 연정은 여자를 안고 있었다. 여자가 침을 흘리며 악을 쓰자, 연정은 뒤에서 끌어안은 채로 여자의 몸부림을 따라 몸을 움직이며 소리를 내질렀다. 연정의 행동은 괴이하다. 암컷 등에 올라탄 수컷 개구리처럼 딱 달라붙어, 혹은 머리가 분열된 신화 속 거인 같은 형상으로 포효하고 있다. 여자의 통증이 연정에게 전이라도 된 것일까. 서로 땀을 잔뜩 흘린 채 얽혀 있는 두 여자를 바라보다 나는 그만 심장이 비틀리는 감각을 느끼고는 주사기를 떨어뜨렸다. 옆에 있던 홍이 그런 나를 자리에 세워 두고 보조사들과 함께 여자에게 달려가 몸부림치는 팔을 붙잡는다. 마치 뒤에 붙은 연정은 보이지 않는다는 듯이. 핏줄이 살을 뚫을 것처럼 올라온 팔뚝에 주삿바늘이 관통하고, 진정하라는 보조사들의 외침에 여자는 애써 진정해 보려고 숨을 크게 들이마시고 내쉬었다. 크게 부풀었다 줄어드는 두 개의 몸통이 겹쳐진 채 소란이 진정되었다. 여자가 연정의 품에 기대어 눈을 감았고, 연정은 그제야 꽉 감쌌던 팔에 힘을 풀고 여자의 가슴을 쓸어내렸다. 여자의 귓가에 입술을 바짝 붙인 채 연정이 무어라 속삭였는데 그 말까지는 들리지 않았으나 입 모양은 대충 이러했다. 잘했어, 잘 버텼어, 잘 이겨 냈어.

"생각보다 통증이 빨리 가라앉네요."

홍이 약품을 뒷정리하며 모녀에게 말했다. 연정은 땀이 흥건한 얼굴로 홍을 향해 힘없이 웃었다. 빨리 가라앉. 그 말을 듣고 나서야 나는 모녀에게서 느꼈던 그 미묘한 기시감의 원인을 찾을 수 있었다.

어린 시절 병원에서 보내던 시기의 기억은 이제 거의 사라졌다. 깨진 거울 수술의 부작용 중 하나였다. 특별한 사건에 대한 기억보다 비슷한 하루의 반복과 그날의 감정으로 결정되었던 내 어린 시절의 기억은, 수술의 부작용으로 인해 일부 감정이 사라지며 그 기억을 끄집어낼 수 있는 수단도 사라진 것이다. 그래서 잊고 있었다. 아예 지워진 줄 알았다.

그런데 지워진 게 아니었구나. 너무 소중한 기억이라 혹여 지워질까 봐 꽁꽁 숨겨 두었던 것이구나.

나는 새하얀 이불 속에 몸을 웅크리고 장수풍뎅이처럼 엎어져 있다. 외부로부터 나를 지키고 싶은 필사의 몸짓이지만 내 등은 갑각류의 외피처럼 단단하지 못하고, 오래전에 죽어 버린 동물의 화석처럼 등뼈가 곧게 튀어나와 있다. 더는 주삿바늘을 꽂지 못할 정도로 퍼렇게 멍 든 양쪽 손등. 그곳을 피해 발등에 꽂힌 링거 바늘. 치료를 받은 후일 것이다. 아프지 않게 해 주기 위해서라는 말을 들으며 아픔을 느낀 시간에 대한 배신감과 잔열처럼 몸에 퍼져 있는 감각들을 잠재우고 있을 때 도아도 내 앞에서 나와 똑같이 몸을 웅크린 채 엎드렸다. 내가 눈을 깜빡이면 도아도 눈을 깜빡였고, 내가 손등으로 눈물을 훔치면 도아도 나를 따라 자신의 마른 눈가를 문질렀다. 나는 기어코 옅게 터진 웃음으로 물었다.

또 그림자 하는 거야?

도아는 머리카락이 이불에 흐트러지도록 고개를 끄덕였다.

네가 아파하는 걸 내가 나눠 가지는 거야.

……나는 잘 모르겠는데.

도아는 내 그림자처럼 움직인다고 하여 그 행위를 그림자놀이라고 이름 붙였다. 도아는 내가 아프고 슬플 때마다 나를 따라 움직였다. 그러고는 이렇게 말했다.

이렇게 하면 네가 얼마나 아픈지 조금 알 것 같아.

그런 도아에게 나는 이렇게 대답했던 것 같다.

응, 덜 아픈 것 같아.

정말로 아픔을 덜 느꼈을까. 진실을 판단하기에 지금은 너무 늦었다. 나는 기억의 조각을 떠올릴 뿐, 그때로는 다시 돌아갈 수 없다. 하지만 한 가지 확신할 수 있는 건 내가 진심으로 웃었다는 사실이다.

"간호사님."

꽤 큰 목소리에 그제야 정신을 차렸다. 예예? 하고 더듬거리며 대답을 하자, 홍은 내게 되물었다.

"뭐 하고 계세요? 거기에서."

나는 모녀의 병실 앞에서 카트를 쥔 채 서 있었다. 마땅히 할 만한 대답이 없어 아니에요, 하고는 어설프게 웃어 보였다.

"어제부터 조금 이상해 보여요. 피곤하신가요?"

"아뇨, 괜찮아요."

"가슴도 자꾸 만지시고…… 아프시면 얼른 병원부터 가 보세요."

"제가 또 문질렀나요?"

홍이 고개를 끄덕였다. 심해지면 병원에 가 보겠다는 말로 대화를 마무리 짓고는 카트를 끌고 도아가 있는 병실로 향했다. 통증이 느껴지는 것은 아닌데 습관적으로 가슴께를 문지르는 것은 부작용 중 하나인 것일까. 도아를 만난 후부터 나타난 증상이다. 문제가 생긴 거라면 도아를 다시 만난 순간부터 발생했을 것이다. 병실 앞에서 카트를 멈춰 세우고 잠시 생각에 잠겼다.

내가 그토록 간절히 바라던 사람이 돌아왔다. 하필 네가 있던 곳이 우주여서 나는 하늘을 바라볼 때마다 네 생각을 할 수밖에 없었고, 내가 숨 쉬는 모든 곳이 네 아래에 있었다. 나는 너를 보낼

때 끝까지 웃지 못하고 기어코 눈물을 터뜨린 순간을 후회했고, 우리의 시간이 달라질지도 모른다는 네 말을 생각하며 시계를 볼 때마다 너의 시간을 추측하는 습관이 생겼다. 우리가 정의 내리지 않고 묻어 둔 관계에 대해 홀로 공식을 세워 풀어 내려가기를 반복했고 가끔은 네가 가까이 다가가는 그 블랙홀 속에 답이 있을지도 모른다는 생각을 했다. 너는 우주에서 어떤 생각을 할까. 너는 그곳에서 내 생각을 얼마나 하고 있을까. 혹시 너도 그곳에서 아직 풀지 못한 관계를 풀어 보려고 하는지, 그 답이 나와 같을지 따위만을 생각했던 시절이 있었다. 시간과 물리적 거리가 결국 우리를 추억으로 남겨 둘 거라는 네 말을 부정하기 위해 노력했던 시간들이 있었다. 점차 기다림이 일상이 되며 하늘을 보고 너를 떠올리는 일이 더는 아프지 않게 다가왔을 때, 인류가 다음 인류를 꿈꾸며 뇌 속의 거울을 깨뜨리는 일에 동참한 뒤 눈을 떴을 때, 어쩐지 너는 우주에서 영원히 돌아오지 않을 거라는 알 수 없는 확신이 들었다.

그랬던 네가 돌아와서 내 안에 균형을 이루고 있던 무언가가 뒤틀어진 것이 분명하다.

도아의 병실에서 신음 소리가 들려왔다. 병실 문을 열었지만 엎드려 이불을 쥐어짜고 있는 도아는 그 사실을 알아차리지 못했다. 몸속에 퍼진 죽음이 차츰차츰 도아의 살점을 뜯어내고 있다. 모녀의 모습이 떠오른다. 여자의 통증을 나눠 가지려던 연정의 몸부림을. 오른손을 위로 뻗고 왼손으로 이불을 쥐고 있는 도아를 바라보다, 나는 오른손을 천천히 위로 뻗고 왼손으로 허공을 쥔다. 평정을 유지하려는 도아의 다급한 호흡을 따라 내쉬어 보지만 세 번째 숨을 내뱉고는 행동을 멈춘다.

나는 도아의 고통을 나눠 가질 수 없다. 고통에 잔뜩 찡그린 얼굴 표정이 전부 보이지만 그것은 도아가 고통스러움을 드러내는 수단일 뿐이다. 도아가 고통스럽구나. 이 사실을 인정하는 것 외에 내가 할 수 있는 것은 약을 놓아 주는 일뿐이다. 카트에서 모르핀 약통을 찾아 도아에게 다가갔다. 도아가 대뜸 내 팔을 붙잡는다. 내 팔이 으스러지도록 움켜쥐는 손이 지금 얼마만큼의 고통을 참아 내고 있는지를 말해 준다. 눈물 한 방울 맺히지 않았지만 폭포수 같은 눈물을 쏟아 내는 듯한 표정이다.

"진통제를 놔 줄게."

"이라, 이라야."

"응, 잠시만 기다려. 내가 금방……."

"너, 왜."

신음에 뒤섞인 말은 뚝뚝 끊어졌다. 손을 붙잡고 있는 도아의 악력이 강해 손을 빼낼 수가 없다. 진통제를 놔 준다고 다시금 말했으나 도아는 손을 놓지 않았다. 무엇을 원하는지 알 수 없다. 고통을 없애려면 주사를 놓아야 하는데, 도아는 그걸 알면서도 손을 놓지 않고, 나를 바라보면서 말했다.

"너 왜, 나를, 그런 눈으로……."

홍이 뒤늦게야 들어와 도아를 붙잡아 손을 떼어 놓고 자리에 눕

헀다. 주사를 놓는다. 몸속을 빠르게 타고 들어간 모르핀이 고통을 잊게 만들고 난 후에야 도아는 기절하듯 잠에 들었다.

뒷정리를 하겠다고 말하고는 도아의 병실에 남았다. 발밑에 뭉쳐 있는 이불을 펴 목덜미까지 덮었다. 평온하게 잠들어 있지만 실은 죽어 가는 중이다. 그것도 삶의 잔여량이 5퍼센트도 남지 않은 상태에서.

병실의 온도와 습도를 맞추고 빛이 들어오는 창에 커튼도 쳤다. 어제와 거의 다를 것 없는 서랍장을 정리하다가 도아의 다이어리를 발견했다. 펼쳐 보고 싶다는 충동이 옅게 들었으나 자리에 놓고는 병실을 나왔다.

몇 시간 뒤 도아의 병실을 찾았을 때, 도아는 실눈을 뜬 채 천장을 보며 누워 있었다. 잠들어 있지는 않았지만 그렇다고 깨어 있는 상태도 아닌 듯 보였다. 병원에 있다 보면 흔히 볼 수 있는 환자들의 모습이다. 조금씩 삶을 포기하는 지점. 고통보다 편안한 안식을 바랄 때의 공허한 눈빛들이 딱 저런 모습이었다. 상태를 체크하기 위해 다가가자, 천장에 닿아 있던 도아의 시선이 내게로 옮겨 왔다. 지금은 조금 괜찮아? 내가 물었고, 도아는 대답 대신 미지근하게 고개를 끄덕였다. 죽음에 가까운 환자들이 제일 먼저 잃는 것은 소리이다. 생명이 뿜어내는 소음들이 차츰차츰 사라지면 죽음과 같은 침묵이 주변을 감싼다. 죽어 가는 환자가 있는 병실은 그래서 고요하다. 숨소리, 발소리조차 제대로 낼 수 없게끔. 그런 침묵이 조금씩 도아를 덮는다. 언젠가는 완전히 덮을 것이다.

그때 지구에서 사라지겠지. 도아가 지구에 없었던 적도 있었지만 그것과는 전혀 다른 의미의 소멸이 되겠지.

도아의 심박수와 체온을 확인한 후 푹 쉬라고 말을 건넸지만 도아는 살며시 손을 맞잡아 왔다.

"할 말 있어? 불편한 거라도?"

그 침묵의 언어를 놓치지 않기 위해 주의를 기울였다. 도아는 시선을 옮겨 서랍장을 바라봤다. 정확히는 그 위에 올려진 다이어리였다.

"이거?"

도아가 고개를 끄덕였다. 의도를 파악하지 못하고 손에 쥐고만 있자, 도아가 다이어리를 내 품으로 밀었다. 도아가 입을 열었다.

"내 이야기가 궁금하다며."

"……."

"그거 봐."

집으로 돌아가는 길에 몇 번씩 다이어리가 가방에 잘 들어 있는지를 확인했다. 그러다 이내 가방을 끌어안고 걸음을 재촉했다. 집에 도착해서는 식탁 위에 다이어리를 올려 두고는 쌓아 둔 집안일과 샤워를 했다. 밥을 먹을까 하다가 냉장고에서 캔 맥주를 꺼내 소파에 두 다리를 끌어안고 앉았다. TV를 틀었다. 도아의 소식이 한 카테고리를 차지하고 있었다. 도아가 이루고 돌아온 업적이 간단하게 소개되었다. 현재 입원해 있다는 소식도 끄트머리에 짤막하게 나왔다. 뉴스는 곧바로 다른 소식으로 넘어갔다. AI가 읊어 주는 문장은 소식을 전달하는 것 외에 아무런 기능을 하지 않는다. 이제 아무도 그 이상의 무언가를 원하지 않으니까. 뒤이어 들려오는 뉴스에는 도통 집중이 되질 않는다. 정신은 식탁에 쏠려 있다. 다이어리가 나를 부르는 듯했다. 그만 버티고, 이만 오라고. 두렵다. 큰 두려움은 아니다. 손짓이 망설여지는 정도의 크기다. 왜 두려우냐고 묻는다면 이유를 모르겠다고 대답할 수밖에 없다. 나는 다이어리를 두 손으로 꼭 쥐고 소파에 돌아와 앉았다.

첫 장을 펼쳤다. 네가 떠났던 2028년 3월 1일부터 일기가 시작되었다.

2028/03/01

간다.

이제야.

첫발치고는 허무했다. 하지만 그 일기뿐만 아니라 이후의 일기도 전부가 이런 식이었다. 칼칼하게 끓인 김치칼국수가 먹고 싶다,라고 쓰인 날도 있었고 아파트 화단에 살고 있던 고양이들이 아직 그곳에 살고 있을까,라고 쓴 날도 있었다. 그날 들었던 생각 중한 토막을 잘라 무성의하게 옮겨 놓은 문장들이었다. 하지만 그럼에도 다이어리를 놓지 못하고 있다. 무심하게 쓴 도아의 문장은 그런대로 매력이 있었고 고요한 우주에서 고작 쓴다는 일기가 이런 것이라는 점에서 때때로 웃음이 나기도 했다. 일기는 몇 달에

한 번씩 쓰이기도 했고 길게는 2년 후에야 쓰이기도 했다. 공백에
는 깊은 잠에 빠져 있었으리라. 몽롱하다든가 시간을 우주에 버리
고 있다는 표현을 썼다.

2035/10/04

거울을 보는 시간이 많아진다. 거울 속 내가 나를 따라 괜찮다고 중
얼거리는 것을 오래도록 본다. 나를 공감해 주는 사람이 거울 너머에
있다. 유일하게.

다음 장을 넘긴다. 전 페이지로부터 2년의 공백이 있다. 이번 일
기는 유달리 길다. 나는 첫 문장부터 천천히 읽어 내려간다.

2037/12/05

외로움에 대한 소설을 써야겠다.

돌아간다면. 다시 지구에 돌아갈 수 있다면. 주인공은 이름이 없고,
성별이 없고, 얼굴이 없는 존재로 설정해야겠다. 그런 것들로 규정되
는 편견을 피하기 위해서.

나처럼 우주 비행사도 좋을 것이다. 다른 행성에서 지구를 찾아온
외계인도 괜찮을 것 같다. 그리고 사연을 만들어 줘야지. 아주 커다란
슬픔을. 그래서 고향 행성을 견디지 못하고 추방당하듯 떠났다는 설
정을 가져와야겠다. 그렇게 우주를 떠도는 것이다. 일부러 말이 통하
지 않는 외계 생명체를 찾아서. 안녕이라는 말조차도 알아듣지 못하

는, 그래서 한마디를 전달하는 데 아주 오랜 시간과 노력이 필요한 존재를 만나기 위해서.

하지만 결국 그곳에서도 답을 찾지 못하겠지. 그렇게 돌아갈 것이다. 상처만 가득 안았던 본인의 행성으로, 오직 한 존재만을 바라보기 위해서. 오직 그 존재에게 위로받고 공감받기 위해서.

그거면 충분하다는 것을, 이 주인공은 먼 우주에 나와서야 깨닫는 것이다. 끊임없이 그 존재에게 돌아가는 상상을 한다. 이해할 수 없는 말들로부터, 상처뿐인 언어로부터 멀어진 우주에서 제 숨소리를 유일한 소음으로 삼으면서.

그렇게 마침내 모든 여정을 끝내고 돌아가, 다시 만나겠지. 그 존재는 많이 야윈 주인공을 보고 무작정 끌어안을 것이다. 외로웠지만 슬프지 않은 이야기가 되겠다. 끝내 자신을 온전히 이해해 주는 존재를 만나게 됐으므로.

지구로 돌아가야겠다. 떠나올 때는, 이곳에서 생을 마감하더라도 여정을 완수하겠다는 서약서를 썼지만 모든 여정을 완수하고 반드시 지구로 돌아가리라. 소리가 있고, 빛이 있고, 그림자가 있고, 설움이 있고, 가시가 있고, 원망과 미움이 있고, 그렇지만 네가 있는 곳으로.

가슴께를 어루만진다. 오래도록. 손바닥이 아리도록.

도아에게 하지 못한 말이 있다는 걸 깨달았다. 내일 도아를 만나 그 이야기를 가장 먼저 해 주어야겠다.

상처받지 않는다는 건 우리가 선택할 수 있는 최상의 보호막이었어. 사람이 사람을 잔인하게 죽일 수 있다는 사실에 모두가 지쳐 있었으니까. 상처받지 않을 수 있다면, 그래서 나를 비롯해 곁의 소중한 사람을 잃지 않을 수만 있다면 감정을 잃더라도 모두가 감내할 수 있다고 믿었어. 세상은 더 평화로워질 거야. 분쟁과 전쟁이, 다툼과 사냥이 전부 사라질 거야. 간결하고 깔끔하게 지구가 변하겠지. 우리는 그게 간절했어. 네가 있었다면 너 역시도 수술을 받았을 거라 생각했어. 그러니까 도아야, 나는 내가 너를 잃더라도 너를 이 세상에서 지킬 수만 있다면 수술을 받게 했을 거야. 내가 하는 말이 무슨 뜻인지 모르겠지. 이해할 수 없을 거고.

　내가 지금 너를 이해하지 못하는 것처럼.

　연정은 여자의 마지막 장소로 집을 선택했다. 챙겨 줄 수 있는 것은 진통제뿐이었다. 연정에게 진통제를 투여하는 방법을 몇 차례 반복해 설명하며 옆에 함께 서 있는 여자를 힐끔 쳐다보았다. 여자는 처음 왔을 때보다 더 야위었지만 집에 간다는 사실 하나만으로 어느 때보다 활기찼다. 그동안 고마웠다고 인사를 하는 여자에게 수고했다는 투박한 인사를 건넸다. 이곳을 떠나는 가족을 바라보다 가슴께를 문질렀다. 여자의 손을 꼭 붙잡고 걸어가는 연정의 뒷모습이 커 보인다. 앞으로 닥칠 이별을 전부 감내할 수 있을 듯한 크기였다. 슬프겠지. 하지만 지나갈 것이다.

진통제를 맞을 시간에 도아는 잠들어 있었다. 며칠 전 내가 읽고 돌려줬던 다이어리는 창틀에 놓여 있었다. 도아는 어땠느냐고 묻지 않았다. 나 역시도 사족을 붙이지 않았다. 언어를 잃어버린 기분이었다. 어떤 말이 위로가 되는지, 공감이 되는지 떠오르지 않았다. 그 후로 도아가 일기를 더 썼는지도 알 수 없었다. 다이어리를 다시 보여 달라는 용기도 나지 않았다. 링거에 진통제를 투여하고는 카트를 정리했다. 수면을 방해하지 않기 위해 조용히 몸을 돌렸다가, 문득 다시 도아에게 다가갔다. 천천히 오르내리는 도아의 배에 손을 얹고, 바닥에 무릎을 꿇어앉는다.

'또 그림자 하는 거야?'

'네가 아파하는 걸 내가 나눠 가지는 거야.'

호흡을 맞춰, 천천히. 나는 절대로 도아가 될 수 없으므로, 그 아픔을 나눠 가질 수 없다는 걸 알고 있는데도 혹시 몰라서. 도아는 내 그림자가 되어 내 아픔을 조금씩 나눠 가졌다. 나도 그럴 수 있기를 빌어. 내 깨진 거울로 너를 얼마만큼 담아낼 수 있을지 모르겠지만.

도아가 일어나면 끝내 하지 못한 이야기를 마저 할 것이고, 끝내 풀지 않은 공식을 풀어낼 것이다. 네 행동을 따라 할 것이고, 네 말을 따라 읊으며 너를 등 뒤에서 끌어안고 괜찮다고 속삭일 것이다. 앨범을 찾아야겠다. 어쩌면 나도 연정이 말한 감정을 끄집어낼 수 있을지도 모르겠다. 도아와 함께 있으면 조금씩 가슴께가 아려 온다. 근육이 뭉친 것처럼 말이다. 어쩌면 우리 사이의 가장 강력한 감정 하나가, 내 모든 것을 원상태로 돌려놓을지도 모르겠다.

그로부터 나흘 동안 도아는 나와 함께 있었다. 마지막에는 만나서 반가웠다는 이야기를 했다.

네가 죽었다는 것을 오래도록 곱씹을 것이다. 그러다 어느 순간 사탕이 쪼개지듯 통증이 밀려오겠지.

그게 무슨 느낌일지는, 아직은 모르겠다.

김사과

2005년 창비신인소설상에 단편 소설 「영이」가 당선되며
작품 활동을 시작했다. 소설집 『02』, 『더 나쁜 쪽으로』, 장편 소설 『미나』,
『풀이 눕는다』, 『나b책』, 『테러의 시』, 『천국에서』, 『N.E.W.』,
중편 소설 『0 영 ZERO 零』, 산문집 『설탕의 맛』, 『0 이하의 날들』,
『바깥은 불타는 늪/정신 병원에 갇힘』 등을 썼다.

06

예술가와 그의
보헤미안 친구

1

이수영은 한비를 A 대학교에서 만났다. 서울에 있는 유명 사립 대학교, 인터넷을 떠도는 대학 서열에 따르면 스카이 아래아래아래 어딘가 위치하는 그 학교는 이수영이 태어나기 직전 모 대기업이 사들여 가차 없는 화이트칼라 양성소로 탈바꿈시킨 뒤 세련된 이미지를 소유하고 있었다. 그 대가로 학비가 놀랍도록 비쌌고, 아이비리그 대학들을 모델로 하여 좁은 캠퍼스 여기저기 비집고 들어선 신식 건물들이 풍기는 분위기는 급조된 신도시처럼 황량했다. 논술 고사를 치르기 위해 모교 캠퍼스로 들어서던 순간을 이수영은 선명하게 기억하고 있다. 한마디로 끔찍했다. 만원 버스에서 내려 회색 먼지 속 검은 외투를 입은 사람들로 가득한 횡단보도를 가로질러 캠퍼스 입구에 도착한 순간, 눈 딱 감고 도망치고 싶은 심정이었다. 하지만 어디로? 케임브리지? 프린스턴? 하버드? 그녀는 아주 잠깐 동안 서울대에 갈 정도로 충분히 공부하지 않은 스스로를 원망했다. 이어 좀 더 일찍 유학길을 알아보지 못한 것을, 차라리 지방 국립대에 지원할 것을 그랬나 싶기도 했고 하지만 무엇보다도 결점 없는 유전자와 교양 있는 가정 환경 그리고 완벽한 사교육을 통해서 자신을 아이비리그에 보내지 못한 부모님의 한계, 즉 물질적 자본과 문화적 자본 양쪽의 명백한 부족, 그리고 그 부족함을 아버지의 엄청난 야심이라든지 광기에 가까운 모성애 등으로 메꾸려는 노력조차 하지 않은 그들이 너무나도, 뼈아프게 원망스러웠다. 그녀가 그렇게 분노에 가득 차 교문 너머 얼기설기 들어선 대학 건물들을 노려보는 사이에도, 그녀와 비슷하게 두툼한 겨울 외투를 걸친 수험생들이 꾸역꾸역 학교로 밀려들고 있었다. 그들은 그녀와 달리 아무런 분노를 느끼지 않는 듯했다. 오히려 더없이 진지하고 차분하게 가라앉은 표정들이 성스럽게 느껴질 정도였다. 하여 그녀는 퍼뜩 정신을 차렸으며, 짧게 지속된 착란의 순간에서 얼른 빠져나와 수험생들의 무리에 끼어들었다. 하지만 직전의 짧지만 날카로운 혼란의 순간은 그녀의 기억에 영원히 각인되었으며, 예상치 못한 순간들에 튀어나와 그녀를 당황케 했다.

이수영은 원하던 과에 무난하게 합격했다. 그녀의 부모는 엄청난 학비가 걱정되기는 했지만 일단은 기뻐했다. 1년, 길어야 2년

가량 무리하여 지원하면 그 뒤에는 대출을 받든지 아르바이트를 하든지 알아서 해 나갈 것이라는 계산이었다. 물론 좀 더 무리하여 4년 전체를 지원할 생각도 없지는 않았다. 졸업과 동시에 번듯한 직장에 취직이 가능하다면, 그것이 성공적인 결혼으로까지 이어진다면 그렇게까지 무모한 투자는 아니라는 계산이었다.

문제는 그녀가 합격한 과가 국문학과라는 것이다. 문제의 국문학과는 2년 전 예산상의 문제로 문예 창작과와 통합되었으며, 다시 멀지 않은 미래에 지금의 절반 크기로 축소될 예정이었다. 학교 당국은 내심 국문학과 자체를 없애 버리고 싶었다. 일본어학과, 베트남어학과 등과 통합하여 범아시아어학과로 만들면 좋을 것이다. 하지만 학교 측의 소망을 알아챈, 현 대통령과 깊은 친분이 있다고 알려진 원로 소장과 국문학과 교수가 들고일어나 민족의 얼을 파괴시키려는 학교 당국의 사악한 의도를 용납할 수 없다고 저항하며 여기저기 강연회와 신문 기고 등에서 학교 설립자의 친일 행적을 문제 삼기 시작하여 그 계획은 아쉽지만 중단되어 있었다. 다행인 것은 대통령은 언젠가 바뀌는 데다가 문제의 원로 국문학과 교수 또한 나이가 아주 많다는 것이었다. 서두를 것이 없다. 시간은 학교의 편이었다.

현명한 고3 학부모들은 이렇게 안팎으로 어수선한 A 대학 국문학과의 상황을 꿰뚫고 있었고, 하여 해당 학과의 수험생 지원율은 눈에 띌 정도로 낮아져 있었다. 그 결과 이수영이 입학할 당시 같은 과에 합격한 학생들은 다른 해보다도 확연하게 눈에 띌 정도로 모호하고 비실용적인 분위기를 풍기고 있었으며 그 분위기의 정점에 한비가 있었다.

한비는 너무나도 엉뚱한 분위기를 풍기고 있어서 여타 비현실적인 국문학과 동기들조차 그녀를 기피할 정도였다. 그녀의 단순한 한글 이름은 우리말을 몹시 사랑하는 그녀의 친할아버지의 작품이었다. 한비의 아버지는 결혼 직후 아내와 함께 캐나다로 유학을 떠났고, 한비는 몬트리올에서 태어났다. 여섯 살 때 한국으로 돌아와 현지에 대한 기억은 거의 없지만 그녀의 국적은 캐나다이다. 한국으로 돌아온 뒤에도 아버지의 직업 문제로 한동안 이리저리 옮겨 다니며 살아야 했다. 부산, 울산, 광주 그리고 제주도와 대구를 거쳐 부모님의 고향인 서울 강남으로 돌아온 그녀는 중학생이 되어 있었다. 그녀가 입학한 중학교는 광기 어린 입시 열기로 유명했고, 여름 방학이 끝나기 직전 그녀는 자퇴를 하겠다고 고집을 피우기 시작했다. 결국 대안 중학교로 전학 가는 것으로 타협을 한 뒤 그 학교와 가까운 분당으로 이사를 가게 되었다. 이후 대안 고등학교, 재수 생활 1년을 거쳐 그녀는 A 대학교 국문학과에 입학하게 되었다.

국문학과 40명 남짓한 신입생 가운데 실제로 한국 문학에 관심을 갖고 있는 것은 한비가 유일했다. 나머지에게 국문학이란 고교 수업과 수능 대비를 위해서 지겹도록 읽고 또 읽어야 했던 엄청나게 지루한 문장들이라는 느낌 그 이상도 이하도 아니었다. 독서에 조금이라도 관심이 있는 학생은 외국 문학에 훨씬 익숙했다. 하여 그 지루한 것들을 앞으로도 4년간 읽고 또 읽어야 한다고 생각하면 엄청 우울해지지만 사실 인생이 그런 것이 아니겠는가? 신입생의 대부분이 공무원을 미래의 직업으로 점찍어 놓은 채로, 하지만 그를 위한 실제적 대비는 시작하지 않은 채, 막연하고 모호한 신입생의 시기를 지나고 있었다.

대학 생활이란 게 당최 별것이 있는가? 물론 그것이 미국이나 영국의 환상적인 캠퍼스에 펼쳐진 뭔가라면 얘기가 달라질 수도 있겠지. 하지만 여기는 대한민국 수도 서울의 어정쩡한 도심권, 강남까지 안 막히면 택시 타고 15분이라는 것은 꽤 유리한 조건이기는 했다. 그러나 그것은 서울 밖에서 온 학생들을 위한 장점에 불과했다. 이미 중학교, 고등학교 시절 줄기차게 헤매고 다녔던 가로수길, 홍대 앞, 끽해야 이태원 일대, 몇몇 쇼핑몰과 백화점, 블로그 맛집, 티브이에 나온 맛집, SNS 맛집…… 서울 출신의 학생들에게 서울 탐방은 권태로운 놀이에 불과했다. 자신들에게는 지겹기 짝이 없는 것들을 향해 눈을 반짝대는 이방인들에게는 호기심보다 불쾌감이 앞섰다. 그 불쾌감의 원인은 무엇인가? 왜 풋풋한 이방인을 향해 호기심 대신 불쾌감을 느끼는가? 그 감정의 근원은 무엇일까? 물론 그런 질문은 당연히 떠오르지 않았다. 그들은 서로를 너무나도 잘 아는 자신과 구분되지 않는 아이들과 조심스럽게 몰려다니거나 혹은 차라리 혼자 있는 것을 택했다.

이수영은 그녀답게 조용히 혼자 있는 것을 택했다. 혼자서 조용히 하지만 들뜬 신입생의 심정으로 인터넷을 헤매 다니기 시작했

다. 쇼핑몰들, 게시판과 카페, 페이스북, 또 다른 쇼핑몰, 옛날 티
브이 쇼들, 다시 쇼핑몰과 게시판…… 물론 그런 식의 인터넷 산책
은 서울 도시 산책과 본질적으로 다르지 않았다. 하지만 훨씬 더
쉽고, 싸고, 자극적이라는 장점이 있었다. 아침 해가 떠오를 때까
지, 핸드폰 배터리가 닳아 빠질 때까지 그녀는 좁은 침대에 누워
그녀만의 순례를 이어 갔다. 다름없는 하루하루, 겨우 몇 시간 잠
들었다가 억지로 깨어나 향하는 학교는 전혀 정이 들지가 않았다.
칙칙한 빛깔의 건물을 가득 채운 학생들, 절대로 눈도 마주치고 싶
지 않은 남자 선배들과 왠지 모르게 항상 화가 나 보이는 여자 선
배들, 그리고 완벽하게 자신만의 세계에 쏙 들어가 있는 듯한 동
급생들, 이따금 마주치는 경영 대학이나 의대, 법대생들은 영 다른
종족같이 느껴졌다.

'뭐 이따위 대학 생활이 다 있담!'

어느 날 저녁, 런던에서 대학 생활을 하고 있는 중학교 동창
의 페이스북을 훔쳐보던 이수영은 그런 생각에 도달했고, 분에
못 이겨 핸드폰을 집어 던졌다. 다행히 핸드폰은 침대 매트리스
위로 떨어졌다. 그녀는 한참 핸드폰을 노려보다가 다시 침대에
누웠다. 그리고 뒤척이다가 방문 너머로 흘러 들어오는 거실의
KBS 뉴스 소리가 너무나도 소름이 끼쳐 이불을 뒤집어쓰고 귀를
막았다.

'빌어먹을 운명! 저―주! 저―주!'

그녀는 흐느껴 울다 지쳐 일찍 잠이 들었다.

다음 날 아침 9시, 아슬아슬하게 시간에 맞춰 강의실에 도착했을 때 이수영은 혼자였다. 뒤쪽 창가 자리에 엉거주춤 앉으려다가 칠판에 쓰여 있는 글자들을 발견했다. '금일 휴강. 보강 수업 일시는 주말 중 단톡방에 통보 예정.' 그녀는 핸드폰을 들여다보았다. 어젯밤 11시 조교로부터 카톡 알림이 도착해 있었다. 핸드폰을 분실해서 뒤늦게 휴강 공지를 하게 되었다며 죄송하다고 적혀 있다. 허무한 심정으로 자리에서 일어나려는데 누군가 강의실로 들어왔다. 한비였다. 그녀는 이수영과 눈이 마주쳤고, 수영의 허무한 표정에서 휴강이라는 것을 직감했다. 한비는 큰 소리로 웃음을 터뜨렸다.

"하! 하! 하!"

이어 강의실을 빠져나가던 그녀는 갑자기 멈추더니 뒤돌아 이수영을 향해 걸어왔다. 그녀의 얼굴에는 장난기 어린 미소가 가득했다. 이수영은 두려운 눈길로 그녀를 바라보았다.

우연히도 이수영과 한비 둘 다 그 강의 외에는 그날 수업이 없었다. 하여 자연스럽게 택시를 집어타고 가로수길로 향했다. 평일 아침의 가로수길은 한산했다. 주말이면 기본 한 시간 줄을 서서 기다려야 한다는, 절대 예약을 받지 않는 인기 만점의 브런치 가게 또한 텅텅 비어 있었다. 둘은 두 시간 넘게 식당에 머물며 조용한

평일 아침 도심의 사치를 누렸다.

두 사람은 신입생 오리엔테이션에서 서로를 보았고, 강의실에서 종종 마주쳤으며, 당연하게도 서로의 이름을 알고 있었으나 한 번도 인사를 하거나 말을 해 본 적이 없었다. 이수영은 동급생들이 한비에 대해서 이상하게 생각하고 기피한다는 것을 알고 있었다. 그녀 본인으로 말하자면 한비에 대해 아무런 입장이 없었다. 굳이 다가가지도 않고, 또 피하지도 않았다. 왜냐하면…… 솔직히 대부분의 학생들이 비슷한 입장이지 않을까? 피할 이유도 없지만 굳이 친해지고 싶지는 않다. 왜냐하면…….

동기들이 그녀에 대해서 느끼는 묘한 위화감을 한비도 알고 있을까? 안다면 그에 대해 뭐라고 생각할까? 한비는 동기 누구와도 친하지 않았지만 놀랍게도 혼자가 아니었다. 항상 누군가와 함께였다. 그들은 대부분 다른 학과의 나이가 많은 남자 선배들이었다. 혼자 있을 때도 그녀는 항상 바빠 보였다. 누군가와 긴 전화 통화를 하고 있거나 아니면 책을 읽고 있었다. 수업이 끝나면 홀연히 사라졌다. 나와 완전히 다른 세상을 살아가는 여자애. 하지만 전혀 부럽거나 궁금하지는 않다. 그것이 한비에 대한 이수영의 입장이었다. 그렇다면 이수영에 대한 한비의 인상은 무엇인가?

둘은 브런치 카페를 나와 근처의 한 커피숍으로 자리를 옮겼다. 그곳은 가로수길 중심부에서 멀지는 않았지만 좁은 골목을 여러 차례 비집고 들어가야 나타나는 곳으로, 간판도 없고, 네이버 맵이나 구글 검색에도 뜨지 않았다. 건물 외양은 허름해 보였으나 들어가니 생각보다 크고, 이국적인 느낌으로 고급스럽게 꾸며져 있었다. 한비는 그 카페 주인과 잘 아는 듯했다. 카페 주인은 냉정해 보였지만, 한비가 이수영을 같은 과 친구라고 소개하자 몹시 따뜻한 미소를 지으며 반겨 주었다. 그녀는 이수영에게 좋아하는 커피라든지 위스키, 와인에 대해 꼬치꼬치 캐물은 다음 (이수영은 커피, 위스키, 와인 아무것도 즐기지 않았으므로 난감했다) 파나마의 게이샤 커피를 추천했다. 한비는 익숙하고 자연스러운 말투로 에티오피아의 예가체프 마타리를 시켰다.

한참이나 정성스럽게 내린 핸드 드립 커피는 맛이 아주 좋았다. 약간 차(글렌번에서 봄에 첫 수확한 다르질링) 같기도 하고 꽃(오렌지 재스민) 냄새가 나기도 하고 다크초콜릿과 건포도, 아몬드 맛이 동시에 나는 듯도 하다고 한비는 주장했다. 영 무슨 말인지 모르겠지만 이수영은 대충 동의했는데, 속으로는 스타벅스의 캐러멜 마키아토가 좀 더 자신의 취향이라고 생각했다.

카페인에 취해 둘은 많은 이야기를 나누었다. 이수영은 한비가 학교에서 어울려 다니는 사람들이 같은 대안 학교 출신 선배들이라는 것을 알게 되었다. 한비는 이수영이 초등학교 시절 글쓰기를 좋아했다는 것을 알게 되었다. 이외에도 둘은 서로의 좋아하는 것들, 싫어하는 것들, 재미있는 것들, 화가 나는 것들 등등에 대해서 이야기했다. 이수영은 한비의 별명이 어른들 사이에서는 바람의 딸 한비야, 또래들 사이에서는 레이니즘이었다는 것, 빌어먹을 이름 때문에 너무 많은 놀림을 받아서 개명할 생각도 여러 번 했다는 것을 알게 되었다. 한비는 이수영이 고등학교 시절 같은 반에 수영이란 이름을 가진 학생이 네 명이나 있어서 그들과 분류해서 부르느라, 수영2, 혹은 작은 중간 수영으로 불렸다는 것을 알게 되었다(나머지는 작은 수영, 큰 중간 수영, 큰 수영 혹은 거인 수영으로 불리었다). 두 사람은 여러 가지로 달랐다. 사실상 겹치는 점이 아무것도 없는 듯했다. 놀랍게도 그 사실이 두 사람을 흥분하게 했다. 엄밀히 말해서, 둘은 아주 다른 곳에서 왔지만, 한편 모두가 서로의 복제품 같은 좁디좁은 환경 속에 들어 있다는 점에서 비슷했다. 이수영의 주위에는 그녀의 부모를 포함하여 자신처럼 적당한 불만족 속에서, 적당한 망상과 적당한 현실 사이에서 적당히 타협한 채 살아가는 인간들로 가득했다. 한편 한비의 주위에는 그녀의 부모를 포함하여 그녀처럼 어딘가 황당한 꿈을 품고 둥둥 떠서 살아가는 비현실적 인간들로 가득했다. 이수영은 한비의 과격함에 감명받았다. 한비는 이수영의 현실성이 놀라웠다. 아주 가까운 곳에서 미지의 세계를 발견한 둘은 감격했다.

한껏 달아오른 두 사람의 분위기를 감지한 카페 주인이 두어 번 더 커피를 리필해 주었고, 유기농 쿠키도 한 접시 대령해 왔다. 마침내 착란과 구분되지 않는 흥분감 속에서 카페를 뛰쳐나온 둘은 좁은 골목길을 이리저리 빙글빙글 지그재그로 걷다가 압구정 현대 백화점에 도달했다. 두 사람은 지하의 분식 코너에서 떡볶이와 튀김만두, 쫄면 등을 허겁지겁 나누어 먹은 다음 꼭대기 층 팥빙숫집으로 향했다. 빙수를 사이에 두고 둘은 다시 이야기꽃을 피웠다. 아니, 대체로 한비가 이야기하고 이수영은 들었다. 한비가 들떠 늘어놓는 이야기들, 음악, 미술, 문학, 철학과 패션, 예술과 인생 그리고 영화의 세계는 눈부시게 반짝거리는 빛으로 가득했다. 반짝이는 무지개 꽃가루가 끝없이 쏟아지고, 영롱한 오로라가 사방으로 퍼져 나가는 그런 세계 속에 이수영은 갑자기 들어 있는 느낌이었다. 그녀는 완전히 사로잡혔다. 하지만 절정에 이른 이야기를 한비는 무자비하게 중단하며, 앗 약속이 있는 것을 깜빡했네, 역시 절정에 이른 이수영을 다 녹아 버린 빙수와 함께 버려둔 채 떠나 버렸다. 버림받은 이수영은 그러나 여전히 알 수 없는 구름에 둥둥 뜬 심정으로 백화점을 빠져나와 무채색의 압구정 거리를 헤매 다녔다. 그러다 나타난 스타벅스에 들어가 캐러멜마키아토를 주문했다. 아아, 너무 많은 카페인이 그녀의 혈관을 채우고 있었다. 그녀는 한 손에 커피를 든 채, 어둑어둑해지는 하늘과 그 하늘을 까맣게 채운 미세 먼지 아래를 걷고 또 걸었다. 마침내 그녀가 정류장에 도착하여 버스를 기다리고 있을 때 갑자기 천둥번개가 치고 세찬 비가 내리기 시작했다. 사람들이 몸을 숙이고 서둘러 뛰었다. 때마침 기다리던 버스가 도착했고, 이수영은 버스에 올라탔다. 버스 밖은 순식간에 흥건히 젖은 물의 세계가 되었다. 쏟아지는 빗속을 버스는 잠수함처럼 전진했다. 창밖을 바라보는 이수영은 반쯤 넋을 잃은 채였다. 너무나도 비현실적인 기분이었다. 도대체 오늘 한비와의 만남의 의미는 무엇인가.

우주가 나에게 보내는 메시지인가? 그렇다면 그 메시지의 내용은 무엇인가?

그날은 진정 이수영에게 계시의 날이 되었다. 집으로 돌아왔을 때, 어머니는 거실 티브이 앞에 누워 졸고 있었는데, 티브이에서는 하필이면 시인 윤동주의 삶에 대한 다큐멘터리가 방송되고 있었다. 그녀는 깨달았다. 저것이 바로 계시다. 저것이 바로 계시의 메시지다. 윤동주! 한비! 국문학과! 그렇다, 내가 국문학과에 입학하게 된 이유가 있다!

그렇게 그녀는 시인이 되기로 결심했다.

잠 못 이룬 그 밤, 그녀는 과제를 위해서 학교 도서관에서 빌려온 『한국 대표 현대시 100선』을 단숨에 읽었다. 그리고 다음 날 아침 학교에 도착한 즉시 도서관으로 향하여 집히는 대로 열 권의 시집을 꺼내 들었다. 그렇게 시작된 독서는 지역과 시대를 가리지 않고 뻗어 나갔다. 온갖 난해하다는 시들이 우습도록 쉽게 이해가 되었다. 그렇게 이해한 것을 그녀는 다시 시로 옮겨 적었다. 그렇게 쓴 시 가운데 몇 개를 선별하여 학기 초 별생각 없이 신청했던 시 창작 수업의 강사인 현직 시인 T에게 가져갔다. 그는 평범한 신입생처럼 보이던 이수영의 감춰진 재능에 깜짝 놀랐다. 그녀는 하루아침에 국문학과 최고의 천재로 떠올랐다. 학과장인 원로 교수가 그녀를 만나기 위해 과방으로 친히 행차할 정도였다. 그녀는 T 강사의 수업 시간마다 모호하고 도사 같은 말들을 늘어놓기 시작했는데, 그럴 때마다 T 시인은 사랑스러운 눈길로 그녀를 바라보았다. 그녀는 T 시인과 그의 예술가 친구들과 어울리기 시작했다. 하지만 그녀가 가장 고대하고 또 함께 많은 시간을 보내는 것은 한비였다. 그녀는 한비의 소개로 한비의 대안 학교 선배들과도 어울리기 시작했다. 그들은 그녀가 시인 지망생이며, 그녀의 천재성을 이미 T 시인이 인정한 상태라는 한비의 설명에 큰 감명을 받았다. T 시인은 삼십 대 중반의 시인으로, 유명세가 크지는 않았지만 한국 문학에 관심이 많은 소수의 젊은 이들 사이에서는 꽤 인기가 있었다. 한비의 대안 학교 선배들 가운데에서도 그의 열렬한 팬이 하나 있었는데 그는 즉각 이수영에게 큰 관심을 갖기 시작했다. 심지어 둘은 데이트 비슷한 것을 하기도 했으나, 이수영이 그에게 아무 관심이 없다는 것을 깨닫고 흐지부지되었다.

　이수영의 관심은, 그녀의 유일한 관심은 한비였다. 그녀의 모든 시는 사실상 한비를 향한 것이었다. 그녀는 한비를 사랑하게 된 것인가? 아니면 집착인가, 질투인가, 그저 오해인가? 이수영의 열렬한 애정에 대해 한비는 언제나 거리감을 유지했다. 그녀는 이수영을 피하는가, 혹은 불편해하는가? 아무리 봐도 그런 것은 아니었다. 그녀 또한 이수영을 좋아했다. 그녀는 이수영이 귀엽고, 똑똑하며, 또 재능이 있는, 착하고, 매력 있고, 멋지고 또 멋진…… 문제는 수영에 대한 한비의 생각이 오래가지 못한다는 것이었다. 그녀는 산만했다. 그것이 그녀의 고질적인 문제, 동시에 이수영을 들끓게 만드는 매력이었다. 그녀는 항상 이리저리 기분 좋게, 사람들 속을 흔들려 다녔다. 다시 말해 인기가 많았다. 즉, 그녀의 주위에는 온갖 종류의 사람들이 있었다. 대안 학교 친구가 있었고, 분당 동네 친구가 있었다. 서울 친구가, 제주도 친구가, 또 대구 친구가 있었다. 또 (자주 바뀌는) 남자 친구가, (역시 자주 바뀌는) 짝사랑 상대가, 그리고 그녀를 오랫동안 짝사랑해 온 남자 사람 친구들이 있었다. 하지만 무엇보다 그녀의 가족이 있었다. 명상과 요가를 사랑하는 그녀의 어머니, 출장에서 돌아오는 길에 언제나 엉뚱한 선물을 사 오는 다정한 아버지가 있었다. 그녀를 아끼는 할아버지, 그는 이따금 장문의 손 편지를 사랑하는 손자들과 손녀들에게 써 보냈다, 교양 있는 이모들과 숙모들 그리고 귀엽고 정신없는 사촌들이 있었다. 그들은 죄다 한비를 좋아했다. 그들은 모두가 한비의 편 혹은 팬이었다. 겹겹의 인간들 속에 한비는 들어 있었다. 열 겹의 지퍼 백에 쌓인 양파처럼, 그녀는 쏙 들어가 있었다. 도대체 어떻게 이렇게 신기하고 완벽한 환경 속에 한 인간이 들어 있을 수 있단 말인가! 이수영은 한비가 겹겹이, 근사한 향이 나는 무지갯빛 포장재에 돌돌 쌓인 채, 가득한 인간들 사이로 여유롭게 헤엄쳐 다니는 장면을 홀린 듯이 바라보았다.

이수영의 야심은 천재 시인이 되는 것이 아니었다. 그녀의 진짜 야심은, 한비를 둘러싼 인간 지퍼 백들 가운데 최고가 되는 것이었다. 다시 말해 한비의 가장 친한 친구가 되고 싶었다. 아니 이미 그런 것이 아닐까? 한비도 이미 그렇게 생각하고 있는 것이 아닐까? 그렇지 않다면 왜 한비가 내년 여름에 몬트리올 친구를 만나러 갈 때 같이 가자고 했겠는가? 한비의 몬트리올 친구는 짐작건대 한비가 (이수영을 빼고) 가장 좋아하는 친구였다. 한비가 나를 최고의 친구라고 생각하지 않았다면 과연 그런 의미심장한 제안을 했을까?

이수영은 열심히 시를 쓰는 한편, 한비와의 몬트리올 여행을 고대하며 여러 가지 준비를 시작했다. 영어 공부, 불어 공부, 그리고 여행 자금을 모으기 위한 아르바이트도 시작했다. 하루 24시간이 진정으로 모자란 나날들이었다. 한비를 자주 만날 수도 없었다. 하지만 그럴수록 그녀는 몬트리올 여행에 많은 것을 걸기 시작했다. 마침내 여행 당일 이수영이 인천 공항에 도착했을 때, 한비는 이미 항공사 부스에서 수속을 시작하고 있었다. 그녀는 혼자가 아니었다. 사촌 남동생 한마음과 함께였다.

이후 이어진 3주가량의 몬트리올 여행의 디테일을 이수영은 가족을 포함하여 아무에게도 발설하지 않았다. 문제의 3주간, 마일

엔드(Mile End)라는 근사한 백인 동네에 꼼짝없이 갇힌 이수영
은 한비와 그녀의 캐나다인 친구인 데비 그리고 한마음이 선보이
는 각종 이기적인 행태의 유일한 관객이었다. 그 3주간 한비와 데
비 그리고 한마음은 따로 또 같이, 마치 묘기를 부리듯이 이수영을
향해, 또 한편 서로를 향해 마치 전위적인 춤을 추듯이, 뭐랄까, 그
것은 정말이지 묘사하는 것이 불가능할 정도로 짜증 나는 상황이
었는데, 아마도 그래서 이수영은 그날들에 대해서 누구에게도 설
명하는 것을 포기했는지도 모르겠다. 간단히 말하면 그 셋은 서로
를 골탕 먹이는 데 중독된 일곱 살짜리 꼬마 녀석들 같았다. 하지
만 언제나 서로를 사랑하는 다정한 삼총사라는 어처구니없는 콘
셉트를 유지하려고 했고, 그 콘셉트가 단지 콘셉트가 아니라 세상
에서 유일한 진리라는 것을 이수영에게 설득시키기 위해서라면
무슨 짓이라도 할 것처럼 보였다. 그 괴상한 3인조의 장난이 절정
에 달한 것은 그 세 악당들이 금요일 밤, 이수영이 주방에서 요리
를 하는 사이, 아무 말도 없이 우버를 불러 공항으로 향한 것이었
다. 식탁 위에 접시를 차리다 말고 문득 텅 빈 집에 홀로 남겨진 것
을 깨달은 이수영은 한비에게 전화를 걸었다. 그녀는 뉴욕에 간다
고 대답했다. 목소리에서는 아무런 망설임도, 미안함도 느껴지지
않았다.

　　— 뉴욕? 미국 뉴욕 말이야? 나를 여기 혼자 몬트리올에 남겨 놓
고? 너네 셋이서? 언제부터 그런 계획이 생긴 건데? 왜 나에게 아
무 말도 없이 그런 결정이 이루어진 거야? 도대체 왜?

— Because I thought, I thought, what if she hated New York……?

한참을 뜸을 들이던 한비가 영어로 대답했다.

— 내가 언제 뉴욕 싫어한다고 그랬어?

— Nooo, I mean 너가 싫어하면 어쩌나. 너가 싫어하면 어떡하나 그랬다구.

3일 후 한비는 홀로 돌아왔다. 데비는 브루클린에 있는 남자 친구의 집에 좀 더 머물기로 했고, 한마음은 또 다른 사촌을 보러 보스턴에 간다고 했다. 홀로 돌아온 한비는 이수영에게 데비와 한마음의 욕을 끝도 없이 늘어놓기 시작했다. 그리고 이수영에게 처음 만났던 날처럼 몹시 잘해 주었다. 며칠 뒤 한마음이 돌아왔다. 실제로 한비와 한마음은 사이가 좋지 않아 보였다. 가는 날까지 한비는 이수영의 옆에 딱 붙어 있었다. 데비는 끝내 돌아오지 않았다.

인천 공항에서 집으로 돌아오는 길 이수영은 한 통의 전화를 받았다. 그녀가 공모한 모 출판사의 신인 시인상에 당선되었다는 소식이었다.

2

시간은 흘러, 졸업 시즌이 다가오고 있었다. 이수영은 2년 차 젊은 시인으로서 이따금 청탁을 받거나 여기저기 불려 다니는 것을 제외하면 T 시인 패거리와 술을 마시러 다니거나 혹은 이따금 한비를 만나는 것이 생활의 전부였다. 자연스럽게 그녀의 부모는 자식의 앞날을 걱정하기 시작했다. 처음 그녀가 시인으로 당선되었다는 소식을 들었을 때 그들은 약간 어리둥절하기는 했지만 나쁜 일이 생긴 것은 아니라고 간주했다. 이수영이 얼마 안 되는 상금을 털어 어머니와 아버지에게 실용적인 외투를, 그리고 늦둥이 여동생에게는 두 달치 영어 학원비를 선물로 주었을 때, 또 온 가족이 시내 모 호텔에 있는 중식당에서 지나치게 비현실적인 가격의 탕수육에 짜장면과 짬뽕 등을 배가 터지게 먹었을 때 자신들의 딸이 기대 이상의 효녀일지도 모른다는, 그녀가 본인들의 인생을 활짝 펴 줄지도 모른다는 근거 없는 상상에 아주 잠깐 빠져들기도 했다. 하지만 꿈은 꿈일 뿐이다. 이후 시인이 된 딸은, 시도 때도 없이 빈둥거리는 생활로 당당하게 접어들었다. 그녀는 매일같이 술에 취해 새벽 귀가 하였고, 하루도 빼지 않고 늦잠을 잤다. 어머니가 어느 날 조심스럽게 취업에 대한 계획을 물었을 때 이수영은 몹시 격앙된 반응을 보였다. 그 히스테리컬한 반응을 요약하자면 나처럼 위대한 사람에게 샐러리맨이라니 가당키나 한가.

이수영의 어머니는 깜짝 놀랐다. 내 딸의 어디에 이런 과대망상의 기질이 숨어 있었단 말인가. 그녀는 그날 밤늦게까지 고민한 끝에 딸이 자주 언급하는 같은 과 한비라는 여자애가 착하고 순진한 이수영에게 사악한 영향력을 발휘했다는 결론에 도달했다. 찰거머리같이 찰싹 달라붙은 그 여자애를 어떻게 떼어 낸담! 그 요망한 년 때문에 내 딸은 정신이 나가 버렸으며, 취직도 결혼도 물

건너가고 말았다고 그녀는 생각했다. 그 사악한 년이 내 딸을 망가뜨리고 있다. 하지만 어떻게 막는단 말인가! 그녀는 생애 최초로 우울증 증세를 보이기 시작했다.

한편 이수영은 한비가 요즘 대체 어떻게 살아가는지 전혀 감을 잡을 수가 없었다. 이따금 만나긴 했지만, 만날 때마다 놀랍도록 다른 사람 같았다. 어떤 날은 몬트리올에서처럼 사악해 보였고, 어떤 날은 수면제에 취한 사람처럼 어눌했다. 또 어떤 날은 예전처럼 반짝반짝한 한비였고, 또 어떤 날에는 수녀처럼 무정했다. 굳이 일관적인 특징을 꼽아 보자면 여행이 잦다는 것이었다. 어떤 날은 부산에 있다고 하더니 다음 날은 일본이었고 얼마 뒤에는 방콕에서 찍은 사진이 페이스북에 올라와 있었다. 중간고사가 한창인 어느 날 밤늦게 걸려 온 전화에서 그녀는 강릉의 한 호텔에 있다고 했다.

— 혼자?

이수영이 물었다.

— 응, 혼자.

한비가 대답했다.

— 내 방에서 커다란 호수가 내려다보여. 별이 반짝거려. 아주 예뻐. 아주 예뻐.

다행히도 이수영의 졸업 이후 삶은 상상했던 것보다 훨씬 덜 끔찍했다. 어쩌면 대학 시절보다 낫다고 할 수도 있었다. 그녀가 그런 생각을 하게 된 가장 큰 이유는 전적으로 한비와 전보다 자주 어울려 놀게 되었기 때문이다. 어느새 한비는 예전의 한비로 돌아가 있었고, 한동안 멀리하던 대안 학교 선배들과도 다시 어울리기 시작했다. 그들을 만날 때 자주 이수영을 불렀다. 얘기를 들어 보니, 대안 학교 선배 B가 서울시의 지원을 받아 스타트업 사업을 시작했는데 거기에 한비도 참여하기로 했다고 한다. 그 사업의 내용은 서울의 부촌에 신선한 유기농 채소를 새벽 배송 하는 인터넷 쇼핑몰을 만들어 거기에서 얻은 이윤을 바탕으로 소외 계층의 영어 교육을 지원하겠다는 것이었다. 이수영은 완전히 한심한 프로젝트라는 생각이 들었으나, 한비가 매우 진지한 표정으로 설명하였으므로 잠자코 있었다.

시간은 아주 잘 갔다. 이수영은 T 시인 패거리, 그리고 한비의 스타트업 패거리, 두 그룹과 번갈아 어울리며 남은 시간에는 T 시인의 주선으로 시작한 글쓰기 아르바이트를 했다. 그해 겨울 그녀의 시가 유명 문학상의 우수작에 선정되었다. 다음 해에도 또 다른 유명 문학상의 후보에 올랐다.

한비도 이런저런 일들 속에서 나이를 먹어 갔다. 대안 학교 선배의 스타트업 사업이 좌초된 뒤 그녀는 6개월간 몬트리올에서 지냈다. 이후 한국으로 들어온 그녀는 필라테스 마니아가 되었으며, 대안 학교 선배 B가 새롭게 구상 중인 사업인 필라테스와 마사지, 명상을 테마로 하는 소규모 여행사 프로젝트에 합류하였다. 그녀와 B가 연인 사이라는 루머가 돌았다. 한비는 완강히 부인했다. 그녀는 B 같은 타입의 남자, 여유로운 집안 출신의 나이브한 도련님에게 아무런 매력을 느끼지 못한다고 주장했다. 하지만 그녀는 그 뒤로도 계속해서, 대략 2년에 한 번씩 새롭게 펼쳐졌다가 버려지는 B의 모든 사업에 동참했다.

그간 이수영은 몇 번의 연애를 했다. 상대는 문학계에 속하는 남자들이었다. 그들은 대체로 말이 많았고 섹스를 못했다. 다행인지 세간에 떠도는 사이코패스 타입의 예술가 남자들을 만난 적은 없었다. 그녀의 연인들은 대체로 착했지만 무능했다. 혹은 표면적으로 그렇게 보였다. 즉, 결혼에 이르기에는 뭔가 부족했다. 비슷비슷한 타입의 남자들에게 지겨워진 그녀는 한비의 스타트업 패거리들에게 눈을 돌려 보기도 했으나 그들의 반은 오래된 여자 친구가 있었고, 반은 이미 유부남이었다.

서른 살!

이수영보다 한 달 앞선 한비의 서른 살 생일 파티는 성공적이었다. 장소는 얼마 전 독립한 한비의 연남동 오피스텔이었다. 처음 방문해 보는 한비의 새 보금자리는 생각보다 널찍했고, 온갖 비싸고 엉뚱한 소품들로 채워져 있었다.

한비의 친구들이 한 명 한 명 도착했고, 그녀의 독특한 보금자리는 온갖 별난 사람들로 가득 채워졌다. 한비는 그들 속을 한 마리의 이국적인 물고기처럼 유유히 헤엄쳐 다녔다. 꽤 늦게 도착한 B

선배는 모르는 여자와 함께였다. 약혼녀라고 했다. 그녀의 한국말은 서툴렀다. 일본인이라고. B는 한껏 흥에 겨운 목소리로 한 달 뒤 나고야에 있는 여자의 고향에서 결혼식을 올릴 예정이라고 선언했다.

— 하지만 한국에서 살 거예요. 한국에 온 지 5년 됐어요. 서울이 참 좋아요.

B의 약혼녀가 수줍게 말했다. 그들은 옥수동에 있는 R 아파트 단지에 신혼집을 구했으며 사실 이미 신혼집에 들어가 살고 있다고 했다. 한비는 B의 약혼녀와 친한 듯했다. 그녀는 둘의 결혼을 몹시 부러워했으며 그래서인지 B와 그의 약혼녀는 한비를 향해 노처녀가 되었다며 짓궂게 놀렸다.

파티가 절정에 이르렀을 때, 이수영은 떠나야 했다. 다음 날 아침 일찍 최근 취직한 국어 학원에서 주말 보강 수업이 있었기 때문이다. 술에 한껏 취한 한비는 몹시 아쉬워하였으며, 다음 달 이수영의 생일 때 만나기로 거듭 약속했다.

꽃

이수영의 생일날은 아침부터 일진이 좋지 않았다. 최근 그녀와 동료 학원 강사 C는 서로에게 호감을 갖게 되었다. 데이트를 할 수 있는 시간은 수업이 끝난 늦은 밤뿐이라서 한동안 얌전했던 그녀의 귀가 시간은 점차 늦어지고 있었다. 간밤에는 생일을 핑계로 다른 동료 학원 강사들까지 합류하여 늦게까지 술판을 벌이느라 더욱 늦게 집에 들어오게 되었는데 그것이 어머니의 화를 제대로 돋우고 말았다. 우울증에 갱년기 증세까지 겹친 그녀는 이제 딸의 모든 것이 마음에 안 들었다. 번듯한 직업과 멀쩡한 남자와의 결혼, 그것이 그녀가 딸에게 바라는 전부였건만! 그녀는 평범하게 여겨지는 그 두 가지 성취가 딸 세대에 있어서 최고급 사치재가 된 것을 이해하지 못했다. 차라리 다이아몬드라면 얼마든지 얻을 수 있다. 하지만 멀쩡한 결혼과 제대로 된 직업이라니 그런 것이 요즘 세상 어디에 있단 말인가? 하지만 이수영의 어머니는 자신의 딸이 그 두 가지를 갖지 못한 것을 오로지 한비 탓으로 여기고 있었다. 한비만 아니었으면 딸이 시인 나부랭이가 되어 학원 강사 짓이나 하며 노처녀로 늙어 가게 되지는 않았을 것이라고 말이다. 하지만 그것은 사실인가? 한비가 아니라면 이수영은 번듯한 공무원이 되어 책임감 있는 멋진 남편을 갖게 되었을까?

한비가 그녀에게 엄청난 영향을 끼친 것은 사실이었다. 그것은 누구보다 이수영 본인이 인정하는 바였다. 하지만 그 영향이 과연 사악한 것일까? 물론 그녀는 처음부터, 혹은 최근 들어 더욱, 이따금, 하지만 강력하게, 한비와 그녀의 인생 사이에는 거대한 강이 가로지르고 있다는 것을 알았다. 하지만 그런 한비가 빠진 이수영의 젊음은 얼마나 무채색이었을까! 영어 공부와 취업 준비, 그리고 거지 같은 소개팅과 시시한 연애 정도로 채워진 꽤 비참한 것이었음이 분명하다. 정말이지 한비는 그녀의 인생을 전혀 망하게 하지 않았다. 이수영이 스스로, 그리고 나름 현명하게 한비에게로 끌려간 것이다. 그리고 앞으로도, 이따금 그런 기회가 있다면 그것으로 만족할 수 있다고 생각했다.

어쨌든 생일날 아침부터 어머니와 한바탕하고 집을 나선 이수영은 기분이 좋지 않았다. 저녁에 이태원의 모 술집에서 갖기로 한 생일 파티까지는 지겹도록 긴 시간이 펼쳐져 있었다. 동료 강사 C는 공교롭게도 오늘이 어머니의 생신이라서 대전에 있는 부모님 댁을 방문하러 가고 없었다. 집에서 나와 한참을 목적 없이 걷던 그녀는 오랜만에 도서관에 방문해 보기로 했다. 걸어서 15분 만에 도착한 도서관은 하필이면 휴관일이었고, 그녀는 허무하고 울적한 기분에 잠시 망설이다가 광화문에 있는 대형 서점에 가기로 결심하고 택시를 잡아탔다. 그녀가 탄 택시는 유독 담배 냄새가 심하게 났고 운전기사의 말투는 사나웠다. 서점 앞에 내렸을 때 그녀는 이미 지쳐 있었다. 그녀는 서점 안에 있는 프랜차이즈 카페에서 샌드위치와 커피를 주문하여 꾸역꾸역 먹기 시작했다.

한 시간쯤 지나 그녀는 두 권의 책이 든 쇼핑백을 든 채 지하철을 타고 이태원으로 향하였다. 이태원역에 도착한 그녀는 한 카페에 들어가 커피를 주문하고 서점에서 사 온 책들을 뒤적이기 시작했다. 다시 시계를 봤을 때는 약속 시간까지 다섯 시간이 남아 있었다. 그녀는 찜질방에 가서 한숨 자다가 나오기로 마음먹었다.

찜질방을 나섰을 때는 이미 깜깜했다. 그녀는 약속 장소에 10분

늦게 도착했으나 가장 먼저 도착한 손님이었다. 그녀는 씁쓸한 표정으로 10년산 아드벡 위스키를 한 잔 시키고 사람들을 기다렸다. 사람들이 약속 장소에 도착하는 대신, 이수영의 핸드폰에 꾸역꾸역 메시지가 채워졌다. 늦었어, 미안해, 가고 있어, 갑자기 일이 생겨서, 미안해, 정말 미안해, 거의 도착했어! 이수영은 위스키를 한 잔 더 시켰다. 한비는 아무 메시지도 없었다. 30분이 지나고 마침내 친구들이 하나둘 도착하기 시작했다. 한 시간 반가량 지나서 한비가 한 남자와 함께 나타났다. 그는 커다란 덩치의 금발 백인 남자였다. 이수영은 얼떨결에 자리에서 일어났다. 남자가 양팔을 활짝 쳐들며 서툰 한국어로 말했다.

"이수영 씨 생일 축하해요!"

한비가 하하하 호탕하게 웃으며 남자를 껴안고 뺨에 키스했다.

"수영아 인사해, 소개할게. 이쪽은 도미니크야."

그리고 다시 한번 뭐가 우스운지 자지러지게 웃었다.

도미니크는 독일계 스위스인으로 캐나다의 몬트리올에서 태어나 자랐으며 스위스, 캐나다 이중 국적을 갖고 있었다. 그는 몇 달 전부터 캐나다의 한 제약 회사 한국 지부에서 일하고 있었는데 진짜 삶의 열정은 스키 타기에 있으며 대학 시절 스위스 국가 대표로 동계 올림픽에 출전한 적도 있다고 했다. 그는 겨울이 오면 한국에 있는 모든 스키장에 가 보겠다는 야망을 불태우고 있었다.

그날 한비보다 더욱 늦게 도착한 것은 T 시인 일당이었다. 그들은 이미 거나하게 취해 있었고, 도미니크에게 커다란 관심을 보였다. T 시인은 한참 동안 어설픈 영어로 스위스의 정치 시스템에 대해서 도미니크와 설전을 벌였다.

술에 푹 취한 이수영은 몽롱해진 눈으로, 자신의 눈앞에서 벌어지고 있는 일들을 바라보았다. 테이블을 가득 채운 술잔과 술병들, 알록달록한 안주, 튀르쿠아즈 블루색 접시 위에 늘어진 파스타 가닥들, 어느새 그녀의 손에 들린 무지개색의 칵테일, 스피커에서 흘러나오는 옛, 옛 노래들…… 문득 모든 것이 오래된 꿈처럼 느껴졌다. 그녀는 이 괴상한 꿈의 출발점, 이 전체 광경의 설계자, 그녀 이십 대의 전부, 진짜 사람 홀리게 만드는 Blower's Daughter(배낭여행가 한비야 말고 영화 「클로저」의 내털리 포트먼) 한비를 바라보았다. 그녀의 독특한 웃음, 묘하게 유혹적인, 엉뚱하게 선머슴 같은 순진한 표정과 반대로 수상하게 반짝이는, 상상 속의 일본 미니멀리스트 패션 브랜드의 뮤즈 같은, 납작한 검은 눈동자와 통통한 입술, 뾰족한 팔꿈치…… 아아 그녀는 정체불명의 열대 해변 같은 향기를 풍겼다. 이수영은 한비가 적어도 세 종류의 향수를 섞어 뿌린다는 것을 알고 있었다. '내 몸에서 나는 향이 뭐야? 나는 전혀 모르겠는걸…….' 하고 속삭이는 미스터리한 열대 과일 같은…… 도대체 저 생명체의 정체는 뭐지? 도대체 어떻게 탄생하게 된 걸까? 왜 굳이 저런 식으로 만들어진 거지? 도대체 뭐가 되어가는 걸까? 진화일까 아니면 퇴화일까? 이수영은 궁금해졌다. 그녀를 거기에 이르게 한 그녀의 창조자, 커튼 뒤의 진짜 얼굴, 그러니까 진실을 말이다.

이수영이 그 진실을 대면할 기회는 금세 찾아왔다. 그것은 한비의 결혼식에서였다. 그렇다. 한비는 이수영의 생일날로부터 정확히 3개월 뒤 강남의 한 예식장에서 도미니크와 결혼식을 올렸다. 한비의 다른 파티와 마찬가지로 결혼식 또한 대성공이었다. 예식이 끝나고 가로수길의 카페에서 거한 애프터 파티가 열렸다. 그곳은 다름 아닌 이수영이 한비를 처음 만난 날, 함께 갔던 카페였다. 그 카페가 한비의 이모가 운영하는 곳이라는 것을, 그날 보았던 냉정한 바리스타가 바로 그 이모였다는 것을 이수영은 그때 처음 알았다. 알고 지낸 지 10년이 넘었건만 이제야 한비에 대해 알게 된 것이 많았다. 도미니크가 문제의 몬트리올 친구였다는 것, 몇 년 전 몬트리올에서 한비가 그렇게나 이상하게 굴었던 것 역시 그 때문이라는 것을 말이다. 몬트리올에서 만나기로 철석같이 약속했던 도미니크가 한비가 도착하기 며칠 전 친구들과 함께 멕시코 연안의 무슨 섬으로 여행을 떠나 버렸고, 이후 몬트리올로 돌아오는 대신 뉴욕에 들른다는 소식을 들은 한비가 무작정 뉴욕으로 떠났던 것이라는 얘기도. 한편 한비에게 두 살 터울의 남동생이 있으며 그는 모든 여성이 바라는 이상적인 미혼 남성으로서(명문대, 전문직, 키 185센티미터) 그의 여자 친구는 강남의 잘나가는 성형외과 의사인데 그녀 자신이 너무나도 완벽한 자연 미인이라서 그녀를 찾아오는 모든 환자들이 그녀처럼 고쳐 달라고 애원한다는 것,

기타 등등……. 또한 놀라웠던 것은 그녀가 얼마 전 모교의 국문학과 대학원의 석사 과정을 지원하여 합격했다는 것과 또 그녀의 신혼집이 옥수동 R 아파트 단지에 있다는 것이었다. 하지만 그날 충격의 하이라이트는 한비의 부모님이었다. 언뜻, 그들은 완벽한 중년 부부처럼 보였다. 고상한 인상의 어머니는 누구보다 세련되게 와인 잔을 쥘 줄 알았으며, 아버지는 교양 있는 유학파 명문대 교수처럼 보였는데, 사실이 그러했다.

애프터 파티가 한창인 카페의 한구석에 조용히, 그림같이 앉은 그 부부는 고막을 찢을 듯이 커다란 소리로 흘러나오는 데이비드 보위의 음악에 맞춰 자연스럽게 고개를 까딱거리며 한껏 자애로운 표정으로 카페를 채운 젊은이들을 바라보았다.

알록달록, 새콤달콤한 과일 향 캔디처럼 싱그러운 젊은이들이라고 저 부부는 느끼고 있는 것일까? 적어도 한비와 도미니크는 그래 보였다. 알록달록, 새콤달콤한 캔디가 혀를 자극하듯 자극적인, 한 쌍의 완벽한 젊은이들. 한비가 몸을 흔들 때마다 그녀의 어깨에 걸쳐진 푸크시아 핑크색 크로셰 드레스가 불길하게 흔들렸다. 누군가를 유혹하듯, 깜—빡, 아무 감정 없는 눈동자를 깜빡이는 어항 속 신비한 색깔의 물고기처럼, 깜—빡. 이수영은 한비의 부모를 바라보았다. 그들 또한 어느새 물끄러미 자신의 딸을 바라보고 있었다. 이수영은 언뜻 차분해 보이는 그들의 표정에서 뭔가를 감지했다. 우아한 표정 너머, 자신의 딸이 보내는 유혹의 신호에 한껏 도취되어 있는 그들의 정신을 말이다. 그녀는 다시 한비를 보았다. 깜—빡. 이제 완전히 이해할 수 있었다. 한비가 보내는 유혹의 신호, 그 모호하게 열렬한, 자연스럽지만 필사적인, 그리하여 굉장히 그로테스크해지는 그녀의 구애가 다름 아닌 자신의 부모를 향한 것이라는 사실을 말이다. 하여 진실 또한 명확해졌다. 그녀가 청춘을 바쳐 선망했던 신비한 생명체 한비의 창조자가 바로 그녀의 부모라는 것이 말이다. 하지만 너무나 당연한 사실이 아닌가? 대체 어디에 그 진실의 충격적인 부분이 있는가? 그녀의 부모가 수십 년에 걸쳐 다듬고, 깎아 완성한 자랑스러운 작품, 희대의, 필생의 결과물이 바로 한비라는 것이 말이다.

너무나도 당연하고 단순한 진실이 가져다준 충격에 어리둥절해진 이수영 앞에 나타난 것은 바로 한비의 부모였다. 그들은 은은한 미소를 지은 채 그녀의 앞에 나란히 서 있었다. 이수영이 서둘러 일어나 인사했다.

"안녕하세요?"

이수영이 한비의 어머니와 아버지를 향해 공손한 미소를 보냈다.

"네가 한비 친구 이수영이지?"

한비의 어머니가 물었다.

"네, 정식으로 인사드려요. 축하드립니다! 한비가 오늘 너무너무 예쁘죠!"

이수영이 말하며 한비 쪽을 바라보았다. 그녀는 어느새 테이블에 앉아 B 선배와 이야기를 나누고 있었다. 도미니크는 보이지 않왔다.

"우리가 축하받을 게 뭐 있니. 한비 쟤 인생인데! 자신의 삶을 살아가는 거지. 그렇지 않아요?"

한비의 어머니가 묘한 웃음을 지으며 남편을 바라보았다.

"암, 그렇지! 우리는 그저 한비의 행복을 바랄 뿐이지."

한비의 아버지 또한 묘한 웃음을 지어 보이다가는 별안간 진지한 표정으로 이수영을 향해 물었다.

"시인이라고 했던가, 이수영 양?"

"아…… 예…… 예, 맞아요. 요새는 잘 안 쓰지만……."

"그래그래. 맞아! 네가 한비의 예술가 친구!"

한비의 어머니가 멀리 한비를, 다시 이수영의 얼굴을 보며 말을 이었다. "그래그래, 맞아. 수영이 네가 우리 한비의 예술가 친구! 예술가 친구 이수영! 그렇다면 우리 한비는……?" 모호한 의문형의 문장으로 말을 끝내며 그녀는 남편을 바라보았다.

"우리 한비는?" 한비의 아버지가 의아한 얼굴로 아내를 보았다.

"그렇다면 우리 한비는 뭘까요?"

"우리 한비가 뭐긴 뭐야?"

"그러니까 우리 한비는…… 그러니까 우리 한비는……."

"이 사람아 무슨 말을 하고 싶은 거야? 한비가 왜?" 한비의 아버지가 답답한 표정으로 아내를 보았다. 그녀는 대답 대신 골똘히 생각에 잠긴 표정을 지어 보였다.

"여보……." 마침내 한비의 아버지가 애원하는 시늉을 하며 아

내의 팔을 잡으려는 찰나,

"보헤미안! 우리 한비는 보헤미안!"

한비의 어머니가 손뼉을 짝, 치며 외쳤다.

"그쵸, 맞죠, 여보? 우리 한비는 보헤미안! 보헤미안!"

"뭐라구? 보헤미안? 하하하하!" 한비의 아버지가 웃음을 터뜨렸다.

"보헤미안! 으하하하 맞군, 맞아! 우리 한비 녀석이 보헤미안이었네! 맞군, 맞아, 영락없는 보헤미안이었어! 이럴 수가! 으하하하하! 왜 깨닫지 못했던가! 으하하하하하하!"

한비의 아버지가 너무나도 참을 수 없이 웃기다는 듯이 배를 잡고 몸을 뒤틀며 웃어 댔다.

"맞죠, 그쵸, 여보, 그쵸? 그렇지, 수영아? 우리 한비는 보헤미안, 너는 예술가! 우리 한비는 보헤미안! 그리고 이수영이 너는 예술가! 예술가! 예술가!"

흥분한 한비의 어머니가 급기야 이수영에게 삿대질을 하며 소리치기 시작했다. 이수영의 표정이 급격히 안 좋아지는 것을 발견한 한비의 아버지가 아내의 어깨를 감싸 안으며 말했다.

"하하하, 여보 그만…… 이제 그만…… 하하…… 이수영 양, 만나서 반가웠어. 너무나도 반가웠어. 그렇지, 여보? 몹시 반가웠지? 하지만 우리는 이제 가 봐야겠지? 그렇지, 여보?"

그는 강하게 동의를 구하는 표정으로 아내를 바라보았다.

"그쵸, 그쵸. 우리는 이제 가야겠죠? 그렇겠죠? 늙은 사람들이 있으면 젊은 사람들이 불편해할 테니까, 우리는 이제 그만 가 봐야겠죠? 쏙 빠져 줘야겠지? 그렇지, 수영아? 그래야겠지? 여보? 여보?"

그녀는 계속해서 질문하며 한비의 아버지에게 끌려 어딘가로 사라졌다.

해 뜨기 직전, 가장 춥고 또 깜깜한 시간에 이수영은 집으로 돌아왔다. 그녀는 잠드는 대신 책상 앞에 앉아 골똘히 생각하기 시작했다. 자신의 이십 대에 대하여. 지난 10년, 그 긴 시간, 어쩐지 사기당한 기분이 드는 것은 왜일까? 알뜰살뜰 평생 모은 돈을 믿었던 동네 반찬 가게 아주머니에게 맡겼더니 어느 날 반찬 가게 셔터는 내려가 있고 아주머니의 전화기가 꺼져 있는 걸 발견한, 그런 느낌. 완벽하게 뒤통수 맞은 듯한 이 느낌의 정체는 무엇일까? 왜 그런 기분이 드는 걸까.

그녀는 찌푸린 얼굴로 눈을 감았다.

달뜬 얼굴로 한비와 자신을 번갈아 가리키던 한비 어머니의 모습이 아른거렸다.

보헤미안 한비. 그리고 그의 예술가 친구. 이수영.

보헤미안 한비와 그의 예술가 친구, 이수영.

보헤미안과 그의 예술가 친구.

보헤미안과 예술가.

보헤미안…… 과 예…….

보헤미안과 예술가……?

"뭐 그딴 미친 인간들이 다 있어!"

이수영은 꽥 소리를 질렀다.

"별 미친 인간들을 다 보겠네!"

"아 재수 없어!"

"아이 씨발 재수 없어!"

"재수 없어!"

"미친놈들!"

이수영은 분한 듯 악을 썼다. 창밖으로 어슴푸레 해가 밝아 오고 있었다. 이상한 소리에 잠에서 깬 이수영의 어머니가 자신의 방 안, 책상 앞에 앉아 발광한 듯 소리치는 딸을 발견하고는 서둘러 그녀의 입을 막았다.

"얘, 왜 그러니? 미쳤니? 술이 덜 깼어? 왜 이래? 닥쳐! 딸, 제발 닥쳐!"

이수영은 거칠게 엄마를 밀어냈다.

"몰라! 엄마는 몰라! 세상이 얼마나 미쳐 돌아가는지 엄마는 몰라! 아빠도 몰라! 아무도 몰라! 모른다고! 아 진짜!"

그녀의 어머니는 딸을 바라보았다. 이수영의 시뻘건 두 눈에서 눈물이 줄줄 흘러내리고 있었다.

"어머, 얘, 수영아……."

"아아 난 어떡하라고!"

"뭘 어떡해, 얘……."

"아아 나는 어떡하냐고! 나는! 나는!"

이수영은 계속해서 악을 썼다. 그녀의 어머니는 처음 마주한 딸의 절망에 망연자실한 채, 엉거주춤 서 있을 뿐이었다.

김혜진

2012년 『동아일보』 신춘문예에 단편 소설 「치킨 런」이 당선되며
작품 활동을 시작했다. 소설집 『어비』, 『너라는 생활』과
장편 소설 『경청』, 『딸에 대하여』, 『중앙역』, 『9번의 일』,
『불과 나의 자서전』 등을 썼다. 중앙장편문학상, 신동엽문학상, 대산문학상,
젊은작가상 등을 수상했다.

07

축복을
비는 마음

경옥의 이름은 경옥이 아니었다.

그걸 알고 나서도 인선은 무심결에 그를 경옥이라고 부르곤 했다. 그러면 경옥은 자기 이름이 아니라거나 왜 계속 그렇게 부르느냐고 핀잔을 주는 대신 이렇게 물었다.

솔직히 그 이름 은근히 마음에 드시는 거죠, 그죠?

경옥이라는 이름은 경옥이 직접 알려 준 것이었고, 인선은 나이에 비해 약간 촌스럽다고 생각했을 뿐 가명일 거라고 생각하지는 못했다. 어쨌든 몇 달을 그렇게 부르다 보니 버릇이 된 모양이었다. 좀처럼 고쳐지지가 않았다.

지난겨울, 인선은 경옥을 처음 만났다.

모처럼 만의 휴일이었고, 인선은 거실 소파에서 커피가 식기를 기다리다가 졸음에 빠진 것을 알았다. 탁자에 올려 둔 휴대폰이 울린 탓이었다.

인선 씨, 집에 있지? 이따가 오후에 한 집 할 수 있어?

양 사장이었다.

오늘요? 어딘데요?

인선은 습관적으로 그렇게 물었고 양 사장은 열 평이 안 되는 원룸이라고, 신입 하나만 데려가도 충분하다고, 자신은 도저히 시간이 되지 않는다며 사정했다. 사람들의 말소리, 라디오 소리, 청소기 소음 같은 것들로 양 사장의 목소리는 들리다 말다 했다. 인선은 벽시계를 올려다봤다. 오전 아홉 시. 다들 한창 일하느라 정신이 없을 때였다.

오늘 그 집 책임지고 마무리 좀 해 줘. 인선 씨도 이제 그만하면 베테랑이잖아. 신입 하나 보내 줄게.

신입을 보내면 어쩌라고요?

에이, 완전 신입은 아니야. 한국 사람이고. 말귀 알아먹으니까 뭐든 시키면 되잖아. 다른 건 문자로 찍어 줄게.

얼마짜리인데요?

똑같지 뭐. 수수료 제하고 바로 입금해 줄 테니까 그런 건 걱정하지 말어.

집 상태는요? 험한 집은 아니죠?

험한 집이면 부탁도 안 하지. 아니야, 아니래. 젊은 여자 혼자 살다가 나간 집이라 치울 것도 없대. 확실히 물어봤어.

오후에 눈이 온다는 예보가 있었고, 하루쯤 쉬고 싶은 마음도 컸다. 멋모르는 신입과 일하는 것도 내키지 않았지만 인선은 그러겠

216

다고 했다. 충동적인 결정이라기보다는 지극히 현실적인 판단이었다. 꾸준하게 일이 있는 편이 아니었고 대목이라고 할 만한 2월도 끝나 가는 중이었다. 3월에 접어들면 이사하는 집들이 줄고 벌이도 자연스레 줄어들 게 뻔했다.

지난밤, 어깨와 팔목에 붙여 둔 파스 귀퉁이가 너덜너덜했다. 인선은 주방 쓰레기통에서 파스 포장지를 찾아 상표와 제조업체를 메모해 두었다. 똑같은 제품을 다시 사는 실수를 저지르고 싶지 않아서였다. 그런 후엔 청소 도구가 담긴 가방을 꼼꼼하게 살핀 뒤 서둘러 옷을 챙겨 입었다.

신입은 10분 늦게 왔다.

인선이 101호 원룸 내부를 둘러보고 있을 때였다. 현관문을 열자마자 무슨 예고처럼 쿰쿰한 냄새가 흘러나왔는데 내부는 생각보다 심각했다.

저, 청소하러 왔는데요. 여기 맞죠?

현관 앞에 체구가 작은 여자가 서 있었다. 신입이라고 해도 젊은 사람이 오는 경우는 드물었는데 여자는 지금껏 인선이 본 사람 중 가장 어렸다. 이십 대 후반에서 삼십 대 초반 사이. 어쨌든 인선보다 열 살은 어린 것 같았다. 후드를 뒤집어쓴 여자는 점퍼 주머니에 두 손을 넣은 채 한마디 더 했다.

아, 근데 이 아저씨 거짓말했네.

인선과 눈이 마주치자 여자는 후드를 벗으며 투덜거렸다.

양 사장님이요. 한두 시간이면 금방 끝날 집이라더니 딱 봐도

아닌데요? 자기가 가려니 멀고 돈은 별로 안 되고. 그래서 넘긴 거
아니에요?

그런 후엔 어제부터 목이 돌아가지 않는다고, 고개를 쳐들거나
숙인 채 하는 일은 할 수가 없다고 딱 잘라 말했다. 양 사장에게 네
시 전에 일이 끝난다는 약속을 받았다고, 무슨 일이 있어도 네 시
에는 가야 한다는 말까지 덧붙이고 나서야 점퍼를 벗고 소매를 걷
었다.

제멋대로인 사람이네.

인선은 그렇게 생각하며 시각을 확인했고, 여자의 얼굴을 똑바
로 마주 보며 물었다.

이름이 뭐예요?

이름이 궁금한 건 아니었다. 이름과 나이 같은 신상은 알고 싶
지도 않고, 알 필요도 없었다. 다만 말을 함부로 하는 것에 대해서
는 확실하게 불편한 티를 내고 싶었다. 적어도 인선이 아는 양 사
장은 일부러 직원(엄밀히 말하면 직원이 아니고 인부였다)을 속이
거나 골탕 먹이는 사람은 아니었다. 아주 좋은 사람이라고는 할
수 없지만 그렇다고 아주 나쁜 사람도 아닌, 어쨌든 인선에게 일할
기회를 준 고마운 사람이긴 했다. 그러니까 그런 이야기를 가능한
한 부드럽게 꺼내려면 이름을 알 필요가 있었다.

경옥이요. 임경옥.

여자는 현관 앞에 쌓여 있는 신문과 광고지, 각종 고지서와 영수
증 같은 것들을 우두커니 내려다보다가 한참 만에 대답했다.

그래요, 경옥 씨.

인선은 다음 말을 쏟아 낼 작정이었지만 그렇게 하지 않았다. 경옥의 머리카락 때문이었다. 귀밑까지 내려오는 단발머리는 정전기 탓에 사방으로 뻗쳐 있었는데 군데군데 희끗희끗한 얼룩이 보였다. 그게 주로 욕실에서 쓰는 세정제 때문이라는 것을 인선이 모를 리 없었다. 게다가 손등에는 스팀 청소기에 덴 것이 분명한 붉은 화상 자국이 선명하게 남아 있었다. 그런 걸 보는 순간 이상하게 맥이 풀리면서 움켜쥐고 있던 말들이 흩어져 버렸다.

그래요, 그럼. 오늘 뭘 할 수 있겠어요?

이 일을 하기 전까지, 아니 이 일을 시작하고 한 달이 지날 무렵까지도 인선은 자신이 좋은 사람이라고 믿었다. 언제 어디서나 최선을 다하는 사람. 다른 사람의 처지를 먼저 헤아리고 배려하는 사람. 곤경에 처한 이를 돕는 사람. 나쁜 것보다 좋은 것을 볼 줄 아는 사람. 긍정적이고 희망적인 생각을 잃지 않는 사람.

그러나 그렇게 하다가는 몸이 남아나지 않는다는 것을 인선은 몸으로 배웠다.

밤에는 바늘로 찌르는 듯한 통증이 손발을 붙잡고 놔 주지 않았고, 가려움증이 넘실거리며 피부 전체를 덮쳐 올 때도 있었다. 눈가에 붉은 반점이 올라오고, 후각이 마비된 듯 아무런 냄새도 맡을 수 없는 증상은 그나마 경미한 경우였는데 계속 좋은 사람이려면 그 모든 것을 견뎌야 했다.

이것 봐요. 나도 좀 삽시다. 두 번 세 번 다시 하게 만들지 말고 오늘은 제발 제시간에 끝내자고요. 내 말 알아들어요?

이 일을 시작할 무렵 만났던 한 여자는 인선이 잠깐 숨을 돌릴 때마다 보란 듯 핀잔을 주곤 했다. 겨우 한두 마디였지만 여자의 눈빛과 말투 같은 것들은 오래 남았다. 그것들은 인선과 함께 출근하고 퇴근했다. 잠이 드는 순간까지도 인선의 머릿속을 떠나지 않았다.

모욕적이고 수치스러웠다.

한동안 인선은 그런 감정과 싸웠다. 싸움은 지지부진하게 이어졌고 끝날 기미가 보이지 않았다. 돌아서면 다시 싸움이 시작됐고 또 새로운 싸움이, 그보다 더한 싸움이 인선을 기다리고 있었다. 그리고 어느 순간 인선은 싸우기를 포기해 버렸다. 모욕과 수치가 오가지 않는 평화로운 현장이 몸을 망가뜨릴 수 있다는 걸 깨닫고 난 뒤였다.

모두가 좋은 사람이어서는 일이 제대로 진행되지 않고 제시간에 퇴근도 할 수 없다는 것을, 그러니까 이곳에서 좋은 사람은 자신이 알던 좋은 사람과는 완전히 다른 의미라는 것을 받아들이게 된 거였다.

적어도 인선은 함께 일하는 사람들의 몸을 축내는 사람이 되고 싶지는 않았다. 그런 의미에서 경옥은 전혀 '좋은 사람'이 아니었다.

고무장갑과 실내화 같은 개인 소모품을 준비해 오지 않은 건 괜찮았다. 뭘 시키면 이렇다 할 대답을 하지 않는 것도 그러려니 넘길 수 있었다. 동작이 굼뜨고, 요령이 없는 것도 참을 수 있었다. 그러나 작업을 끝냈다고 해서 가 보면 매번 어딘가 문제가 있었다.

인선이 싱크대 안쪽에 붙은 스티커를 가리켰을 때도, 콘센트 안쪽의 묵은 때를 지적했을 때도, 손바닥으로 현관문 위쪽의 먼지를 쓸어 보였을 때도 경옥은 몰랐다고 대답했다. 다시 하겠다거나 미안하다는 말은 절대로 하지 않았다.

이런 것까지 해야 하는 거예요? 전 몰랐는데요.

모르면 물어봐야죠.

물어봐도 돼요?

모르면 물어야지, 방법이 있어요?

뭐 물어보면 다들 알아서 눈치껏 배우라는 말만 하고 가르쳐 주지는 않던데요? 가르쳐 주면 저도 하죠. 진짜 잘 배울 수 있거든요.

정말이지 하나부터 열까지 다 알려 줘야 하는 타입이었다. 인선은 걸레질하는 순서와 방향, 먼지를 제거하는 요령, 세정제의 종류와 용도까지 꼼꼼하게 일러 주었다. 경옥은 잠자코 들었다. 별다른 반응이 없어서 제대로 듣고 있는지 확인하고 싶을 때가 많았지만 인선은 그러지 않았다. 신입과 옥신각신하며 감정을 상하고 싶지 않았고 그럴 시간도 없어서였다.

인선은 양 사장에게 말할 작정이었다. 앞으로 급한 일을 맡길 땐 신입은 보내지 말라고, 집 상태를 모르면 그냥 모른다고 솔직하게 말하라고. 그러다 분위기가 괜찮으면 일머리 없는 신입을 보낸 데다 험한 집을 맡겼으니 일당을 더 줘야 한다고 넌지시 떠볼 수도 있을 거였다.

경옥에 대한 생각은 하지 않았다. 오늘이 지나면 다시는 볼 일이 없을 거라고 여겼다. 그리고 얼마 뒤, 인선은 경옥을 다시 만났다.

네 사람이 투입되어 42평 아파트를 청소하는 날이었다.

아파트 단지 정문을 찾느라 주변을 두리번거리며 걷던 인선은 환한 편의점 야외 테이블에 앉은 누군가를 보았다. 아직 날이 채 밝지 않은 시각이었다. 거리는 적막했고 눈이 시릴 정도로 차가운 바람이 불었다. 그러니까 우연히 테이블 위에 놓인 맥주 캔을 목격하지 않았더라면, 그래서 유심히 살펴보지 않았더라면, 컵라면과 맥주를 먹고 있는 사람이 경옥이라는 걸 알아채지도 못했을 거였다.

인선은 멀찌감치 서서 그 모습을 지켜보았다.

컵라면에서 가느다랗게 김이 솟아오르는 게 보였다. 라면을 먹느라 잠깐씩 고개를 숙이는 경옥의 뒷모습은 허기져 보이지도, 지쳐 보이지도, 추워 보이지도 않았는데 이상하게 마음이 착잡해졌다.

인선은 자신이 하는 이 일에 크게 의미를 두지 않는 편이었다. 일할 때는 눈앞의 얼룩을 제거하는 데 몰두했고, 일이 끝나면 일에 관한 생각은 하지 않으려고 애썼다. 그런데 그 순간, 자신이 필사적으로 피해 다니던 어떤 생각들이 한꺼번에 몰려오는 기분이었다. 이 일을 하는 자신의 처지와 형편 같은, 당장은 대안이 없고 도움도 되지 않는 현실적 고민이 되살아났다.

인선은 돌아서서 빠르게 걸었다. 편의점을 지나치지 않으려면 후문이 있는 뒷길 쪽으로 돌아가야 했다.

집이 어디예요?

그날 인선은 경옥에게 물었다.

양 사장은 붙박이장의 선반을 순서대로 분리하는 중이었고, 양 사장의 아내는 기름때로 뒤덮인 주방 후드와 가스레인지에 약품을 바르는 중이었다.

욕실에는 인선과 경옥 둘뿐이었다.

집이 멀어요? 멀리서 와요?

경옥이 대답이 없어서 인선은 한 번 더 물었다. 멀리 사는지, 오는 시간을 제대로 계산하지 못했는지, 그래서 어쩔 수 없이 편의점에서 시간을 보내게 된 건지, 어쩌다 이가 덜덜 떨리는 그 새벽에 야외에서 맥주와 컵라면을 먹고 있었던 건지 의아해서였다.

전 돈만 많이 주면 어디든 가는데요.

경옥은 바스켓 앞에 쪼그리고 앉아 거품 물을 만들며 그렇게 중얼거렸고, 인선을 올려다보며 몇 마디 더 했다.

근데 이 일에 정말 소질 있으신 거 같아요. 지난번에 저 완전 깜짝 놀랐잖아요. 돈만 많으면 저희 집 청소도 맡기고 싶었다니까요. 그 집 주인은 진짜 절이라도 해야 해요. 그렇게 청소해 주는 사람이 어딨어요. 전문가라는 사람들 저도 많이 봤거든요? 근데 그렇게 청소하는 사람 아무도 없었어요. 진짜 처음 봤어요.

다들 그렇게 한다거나 그렇게 하지 않으면 누가 일을 주겠느냐고 대수롭지 않게 대꾸하려 했지만 인선은 잠자코 거품 물을 내려다보기만 했다. 당혹스러웠고, 민망하기도 했는데 슬며시 웃음이 새어 나오려는 걸 참을 수 없었다.

이봐, 인선 씨, 매직 블록 남은 거 좀 있지?

때마침 양 사장이 큰 소리로 호출한 탓에 인선은 경옥에게 이렇다 할 대답을 하지 못했다. 하지만 양 사장이 곰팡이가 낀 실리콘을 모두 긁어내라고 했을 때도, 베란다 천장을 물걸레로 닦으라고 했을 때도, 비좁은 세탁실의 줄눈을 솔질하라고 했을 때도 이상하게 짜증이 나지 않았다. 양 사장의 아내가 잠시 자리를 비운 탓에 인선이 주방 후드와 가스레인지 작업까지 마무리해야 했지만, 여느 때처럼 울분이 치밀지도 않았다.

그것이 경옥이 건넨 말 때문이라는 것을 인선은 나중에 알았다. 지금껏 들어 본 적 없고, 듣게 될 거라고 기대하지 않았던 그 말을 자신이 내내 기다리고 있었다는 것을. 누군가가 한 번쯤 그런 말을 해 주길 몹시 바라고 있었다는 것을. 그럼에도 누구도 그런 다정한 말을 건넨 적이 없음을 깨닫게 된 거였다.

두 번째 집으로 이동하기 전, 네 사람은 근처 식당에 들러 점심을 먹었다. 양 사장은 메뉴 세 개를 시키고 공깃밥 하나를 추가했다.

네 사람인데, 하나 더 시켜야 하는 거 아니에요?

그렇게 질문한 건 경옥이었다.

아, 우리 집사람이 많이 안 먹잖아. 인선 씨도 그렇고. 세 개만 시켜도 충분하지 뭐. 우린 늘 이렇게 먹어. 괜히 많이 시켜서 남는 거보다야 훨씬 낫잖아.

남기는 건 각자 마음이죠. 처음부터 모자라게 시키면 먹고 싶어도 다 먹을 수가 없잖아요. 눈치도 봐야 하고. 돈가스 하나 더 시킬 게요. 제가 다 먹을 테니까 걱정 안 하셔도 돼요. 그래도 되죠? 여기요!

그뿐만이 아니었다.

양 사장이 타일 시트지를 제거하라거나 베란다 외부 유리창을 닦으라고 지시하면 경옥은 명랑한 목소리로 되물었다.

원래 이런 건 그냥 안 해 주잖아요. 다 따로 추가 비용 받으시는 거죠? 그럼 저도 추가로 수당 주셔야 해요. 그게 맞잖아요.

그런 말을 할 땐 항상 큰 목소리를 냈기 때문에 멀리 있는 인선의 귀에도 또렷하게 들렸다. 인선은 경옥이 유별나다고 생각했다. 모든 걸 지나치게 따지고 든다는 생각, 현실을 너무 모른다는 생각이 들었다.

그러나 일을 마치고 귀가할 때면 경옥이 했던 말들을 곰곰이 되짚어 보게 됐다. 식사비와 교통비, 추가 비용과 추가 수당 같은 경옥이 스치듯 양 사장에게 했던 질문의 의미를 찾아보는 거였다. 정류장에서 버스를 기다리다가, 지하철에서 잠깐씩 졸음에 빠지다가, 마트에서 계란과 커피 같은 식료품을 고르다가 인선은 경옥의 질문을 떠올릴 때가 많았고, 그러면 지금껏 자신이 당연하게 해

왔던 일의 수고와 비용을 따져 볼 수밖에 없었다.

이후 한동안 인선은 경옥을 만나지 못했다.

네 사람이 투입되는 현장에도, 다섯 사람이 투입되는 현장에도 늘 처음 보는 신입들뿐이었다. 이를 악물고 일을 배우겠다던 중년 여자도, 대화를 하기 전까진 한국인처럼 보이던 몽골 남자도, 청소 업체 창업을 준비하고 있다던 청년들도 일주일을 넘기지 못했다. 수습 기간인 일주일 동안엔 식비와 교통비만 제공되고, 일주일이 지나야 정식으로 일당을 받을 수 있는데도 그랬다.

요즘 사람들이 뭐 이런 일 하려고 해? 조금만 힘들면 금방 그만 둬 버리지. 일은 많지, 사람은 없지. 말도 마. 나도 골치가 아파 죽 겠어.

인선이 물으면 양 사장은 늘 앓는 소리를 했다.

기껏 일을 가르쳐 놓으면 새로운 신입이 오고, 또 새로운 신입이 왔으므로 인선은 맥이 빠졌다. 일이 서툰 신입들을 대신해 인선이 해야 하는 일은 점점 늘었다. 일을 가르치고, 감독하고, 확인까지 하기엔 항상 시간이 빠듯해서였다. 제시간에 일을 마치려면 누구 라도 무리를 할 수밖에 없었다.

양 사장이 인건비를 줄이기 위해 계속 신입을 데려온다는 생각 은 하지 못했다. 매일 두 집씩, 주말도 쉬지 않고 일하는 사장 부부 가 벌어들이는 돈이 결코 적지 않다는 생각도 하지 못했다. 그런 생각이 든 건 시간이 더 흐른 뒤였다.

인선 씨, 집에 있어? 아이, 휴일인데 미안하네. 아침부터 내가 일정이 꼬여서 말이야. 혹시 오늘 오후에 한 집 할 수 있어?

얼마 후, 인선은 다시 양 사장의 전화를 받았다. 20평 아파트라고 해도 내부는 아담하다고, 아주 기본적인 작업만 하면 된다고, 두 명이 쉬엄쉬엄해도 서너 시간 안에는 충분히 끝낼 수 있다며 양 사장은 사정했다. 내일 아침 이사가 예정된 집이어서 무슨 일이 있어도 오늘까지는 청소를 완료해야 한다는 거였다.

인선은 경옥을 불러 달라고 말했다.

누구? 경옥? 임경옥? 그게 누군데?

양 사장은 인선의 설명을 듣고 나서도 한참 만에야 경옥을 겨우 기억해 냈다.

아, 그 젊은 여자애? 계속 땍땍거리던 애 아냐, 맞지? 에이, 뭐 하러 그런 애를 불러. 점잖은 사람도 얼마든지 많은데. 있어 봐. 내가 전화 한번 돌려 볼 테니까.

경옥 씨가 일은 잘해요. 말귀도 잘 알아듣고. 다 가르쳐 놔서 이제 웬만한 작업은 알아서 다 한다니까요.

작업 일정을 관리하고 사람을 쓰는 건 양 사장의 권한이었고 인선이 관여할 수 없는 문제였다. 그걸 알면서도 인선은 고집을 꺾지 않았다.

아무것도 모르는 사람보다는 그래도 일을 좀 하는 사람을 데려가는 게 나도 편하잖아요.

걔가 일을 잘한다고? 에이, 쓸데없이 말만 많고 일은 제대로 안하던데? 인선 씨도 봤잖아. 까탈스러운 거.

양 사장은 만류하듯 몇 마디를 더 보태다가 결국 경옥에게 연락하겠다고 말했다. 진지한 목소리로 불필요한 대화는 가급적 길게 하지 말라는 당부를 덧붙이고 나서였다.

경옥은 이번에도 조금 늦게 왔다. 인선이 주차된 차에서 청소 도구와 용품을 차례로 꺼내고 있을 때였다.

어? 차가 있으시네요.

경옥이 다가와 알은체를 했다.

지난번에도 가져왔는데 못 봤어요?

인선은 트렁크에서 청소기를 꺼내고, 날카로운 연장이 담긴 작은 가방을 멨다. 그런 후엔 스크래퍼와 헤라, 걸레와 밀대 따위가 담긴 커다란 바스켓을 경옥 쪽으로 밀어 주었다.

차 없으면 무슨 수로 이걸 가져와요. 팀으로 갈 땐 사장님이 가져오지만 오늘은 둘뿐이잖아요. 이거 들 수 있죠?

오가는 사람이 거의 없는 아파트 단지 안은 한산했다. 고개를 들면 앙상한 겨울 산의 풍경이 바로 보였다. 산 아래 위치한 탓에 바람은 더 차갑게 느껴졌고, 몽땅하게 가지치기를 한 가로수들은 볼품없었다. 여기저기 깨진 보도블록 탓에 발을 내디딜 때마다 몹시 주의를 기울여야 했다. 인선은 띄엄띄엄 늘어선 건물을 올려다 보며 걸었다. 3동, 5동, 7동. 11동 건물은 보이지 않았다. 또 엉뚱한 곳에 주차를 한 모양이었다.

근데요, 양 사장님요. 진짜 연락 안 올 줄 알았거든요. 갑자기 전화 와서 엄청 놀랐잖아요. 꼭 좀 와 달라고 그러던데요?

경옥은 바스켓을 들고 인선을 뒤따라오며 말했다. 덜그럭거리는 소리가 가까워졌다가 멀어졌다가 했다. 인선은 앞만 보고 걸었다. 마음이 급했다.

실은 사장님한테 일 없냐고 몇 번 문자 했었거든요. 답도 없더라고요. 전화도 안 받고. 아예 대놓고 무시하나 싶었죠.

경옥은 계속 말했다.

근데 알고 보니까 다른 업체 팀장한테 제가 유별나다고 욕한 거 있죠? 사장들만 있는 채팅방에 그런 글을 올렸다고 하더라고요. 어이가 없어서. 자기가 치사하게 군 건 하나도 말 안 하고. 그때 메뉴 세 개만 시키는 거 보셨죠? 아무리 그래도 그건 진짜 아니잖아요.

멀리 단지 안쪽에 11동 건물이 보였다. 5층 건물이었고 엘리베이터가 없어서 계단으로 직접 짐을 날라야 할 것 같았다.

다섯 시까지는 끝내야 하니까 오늘은 좀 빨리 움직이죠.

인선은 놀이터를 가로지르며 그렇게 대꾸했고 서둘러 걸었다. 달라지지도 않고, 달라질 수도 없는 문제들을 일일이 들춰내고 싶지 않았고, 사장 부부의 결점을 들먹이며 열을 올리고 싶지도 않았다. 불만과 원망이 없는 일터가 어디 있느냐는 식의 훈계를 늘어놓을 수도 없는 노릇이었다.

아니, 인선은 뭔가를 더 알게 되는 게 불편했다. 이제껏 자연스럽다고 생각했고 당연하게 여겨 왔던 이 일의 실체와 정체를 마주하는 것이 두려웠다. 그리고 뭔가 와르르 쏟아지는 소리가 났다.

인선이 돌아보았을 땐 경옥이 바닥에 엎어진 바스켓을 바로 세우는 중이었다.

왜 그래요? 괜찮아요?

인선이 물었는데 경옥의 몸이 휘청하더니 앞으로 고꾸라질 뻔했다. 시소 옆 벤치. 그 주변만 시멘트를 새로 바른 모양이었다. 덜마른 시멘트 위에 청소 솔과 스퀴지, 장갑과 마른걸레 같은 것들이 쏟아져 있었다.

아, 진짜. 공사했으면 뭐 표시라도 해 놔야 하는 거 아니에요? 그냥 이렇게 두는 데가 어딨어요? 아, 진짜!

경옥은 제자리에서 발을 구르며 신발을 털어 냈다. 탁탁, 하는 소리가 메아리처럼 울려 퍼졌다.

다친 데는 없어요?

인선은 경옥 대신 쏟아진 물건들을 챙겼다. 물건을 주우려면 어쩔 수 없이 덜 마른 시멘트를 밟아야 했다. 조심한다고 했지만 시멘트 위에 신발 자국 몇 개가 남았다. 시멘트에 발자국을 남긴 것도, 신발이 더러워진 것도 문제였지만, 작업 도구가 오염된 게 가장 큰 문제였다. 무엇보다 걸레를 모두 빨아야 해서 마른걸레를 전혀 사용할 수가 없을 듯했다.

인선은 괜한 짓을 했다고 생각했다.

소질이니 전문가니 하는 칭찬에 마음이 물러지고, 추가 비용이니 수당이니 하는 요구에 귀가 솔깃해져서 경옥을 똑똑하고 야무진 사람이라고 믿은 자신이 바보 같았다. 경옥에게 이것저것 알아

보려던 자신이 한심하게 느껴지기까지 했다.

일은 일곱 시가 넘어서야 끝이 났다.

양 사장 말대로 실내는 아담했고 깔끔해 보였지만 실상은 그렇지 않았다. 집 안은 하수구에서 올라오는 악취로 머리가 아플 정도였고, 녹이 슨 베란다 섀시는 아무리 힘을 줘도 열리지 않아 애를 먹었다. 시멘트가 묻은 청소 도구를 세척하는 데도 시간이 걸렸고, 수압이 세지 않은 데다 온수를 전혀 사용할 수가 없어서 나중엔 손이 곱는 것 같았다.

인선은 청소가 끝난 실내를 둘러보며 사진을 찍은 뒤 밖으로 나왔다. 주변은 이미 캄캄했다. 땀에 젖은 옷 사이로 찬 바람이 새어 들었다. 잠잠했던 한파가 다시 시작되는 모양이었다.

진짜 이렇게 일해 주는 사람은 아무도 없을 거예요. 녹슨 건 원래 제거 안 해 주는 건데. 블라인드도 안 닦아 주고요. 딴 데는 그런 거 다 추가로 비용 받는 거 아시죠?

경옥은 바스켓을 들고 인선을 뒤따라왔다. 손이 언 모양인지 경옥은 자주 바스켓을 놓쳤고, 그때마다 바스켓이 바닥을 때리며 요란한 소음을 냈다.

근데요, 이렇게 늦게 끝나면 돈 더 줘야 하는 거 아니에요? 요즘은 저녁 먹으라고 만 원씩 더 주는 데도 있다던데, 양 사장님은 그런 적 없죠? 하긴 절대 안 그러겠지.

경옥은 계속 말했다.

대우니 처우니 하면서 불평을 늘어놓는 사람들을 인선은 많이 봐 왔다. 원칙과 권리를 들먹이던 이들은 대부분 보름을 못 넘기고 일을 그만두었다. 그들이 더 좋은 일을 구했을 거라고 인선은 생각한 적이 없었다. 어쨌든 그들은 이 일의 좋은 면을 발견하지 못했으니까. 다른 어떤 일을 해도 마찬가지일 거라고 여겼다.

그럼에도 경옥의 이야기를 들을 때면 뭔가 잘못됐나 하는 의심이 생겼고, 아무런 계산 없이, 요령도 없이, 형편없는 조건 속에 자신을 방치한 게 아닌가 하는 자책이 들었다.

배고파요? 뭘 좀 먹고 갈래요?

주차된 차 앞에 이르렀을 때 인선은 그렇게 물었고, 트렁크에 대충 짐을 실은 뒤 시동을 걸었다. 경옥은 조수석에 타자마자 창을 열며 중얼거렸다.

근데 차에서 락스 냄새 나는 거 아세요? 아니다, 나한테서 나는 건가? 저한테서 나죠? 그죠?

세제가 독해서 그래요. 한두 시간 있으면 괜찮아져요.

시동은 두 번 만에 걸렸다. 산 아래 위치한 아파트 단지에는 상가라고 할 만한 것이 없었고, 도로변에 위치한 조그마한 시장도 문을 닫는 분위기였다. 큰길까지 내려오자 주차할 만한 곳을 찾기가 어려웠다.

결국 인선이 근처 분식점에서 김밥을 포장해 왔고, 차 안에서 김밥을 나눠 먹었다. 웅웅거리는 히터 소리와 나지막한 라디오 소리 사이로 음식을 씹고 삼키는 소리가 이어졌다.

경옥은 얼마 전 신축 아파트 입주 청소를 나갔을 때, 집 안이 너무 깨끗해서 당황스러웠다고 말했다. 청소를 하는 게 아니고, 누군가 꼭꼭 숨겨 둔 먼지와 얼룩을 필사적으로 찾아다니는 기분이었다고. 인선은 그래서 깔끔한 집보다는 더러운 집이 차라리 낫다고 했고, 깨끗한 집일수록 주인이 까다롭다고 이야기했다.

두 사람의 대화는 두 번 다시 경험하고 싶지 않은 집과 집주인에 대한 토로로 이어졌다. 수수료니 소개비니 하며 일당을 깎는 사장들, 힘든 일을 요리조리 피해 다니는 얌체 같은 팀원들, 매번 다른 강도와 증상으로 찾아오는 통증에 대해서도 솔직하게 털어놓았다. 그럼에도 두 사람 모두 최악은 말하지 않았다. 지금껏 아물지 않았고, 언제 아물지 모를 기억에 대해서는 입을 다물 수밖에 없었다.

아, 생각하니까 또 열받네. 진짜 너무 화나지 않으세요?

이따금 경옥은 못 참겠다는 듯 그렇게 중얼거렸다.

인선은 잠자코 들었다. 이해한다는 듯 고개를 끄덕이고, 속상하다는 듯 한숨을 내쉬면서. 그리고 경옥의 말이 끝난 뒤 조심스럽게 입을 열었다.

있잖아요, 경옥 씨. 내 말 오해하지 말고 들어요.

식사를 끝낸 뒤, 경옥을 지하철역까지 태워다 주는 길이었다. 신호가 바뀌었고, 차가 사거리에 잠시 멈췄다. 인선은 일렬로 늘어선 붉은 미등을 주시하며 다음 말을 꺼내려고 했다. 무슨 일이든 포기하고 감수해야 하는 것이 있다고, 매사 하나하나 다 따져 가며 일할 수 없다고, 그러면 어떤 일도 지속할 수 없다고 충고할 작정이었다.

아, 맞다. 저 사실 경옥 아니에요.

그 순간 경옥이 불쑥 말했다. 인선은 그 말을 한 번에 이해하지 못했다. 고개를 돌려 눈을 맞추자 경옥이 조금 더 큰 목소리를 냈다.

그 이름, 제 이름 아니에요. 진짜 이름은 따로 있어요.

경옥이 진짜 이름이 아니라고요?

네. 그때, 고지서에서 본 이름이에요. 왜 처음 갔었던 원룸 있잖아요. 기억하시죠? 현관에 고지서 엄청 쌓여 있던 집. 거기서 봤어요. 임경옥이라고 적혀 있더라고요.

신호가 바뀌었고 인선은 속도를 냈다. 왜 그런 거짓말을 했는지, 왜 지금 느닷없이 그 사실을 털어놓는 건지 의아했지만 묻지 않았다. 다만 경옥이 차에서 내리기 직전 이렇게 말했다.

그럼 앞으로 뭐라고 불러요? 경옥 씨라고 계속 부르면 돼요?

아, 제 이름 소현이에요. 이소현. 근데 그냥 좋을 대로 부르시면 돼요. 상관없어요.

인선은 고개를 끄덕였다. 하려던 말은 하지 못했다. 덜 마른 시멘트에 남긴 신발 자국도 까맣게 잊고 말았다.

인선 씨, 어제 갔던 집 말이야. 거기 시멘트 밟아서 엉망으로 해놨다며? 아침부터 전화 오고 난리도 아니네.

다음 날 오전, 양 사장의 전화를 받고 나서야 인선은 어제 일을 기억해 냈다.

아, 양 사장님. 그거, 그게 일부러 그런 게 아니고요. 놀이터에.

인선이 해명하려 했지만 양 사장은 들을 마음이 없는 것 같았다. 운전 중인 모양인지 신경질적인 경적이 계속 끼어들었다.

그 사람들이 뭐 우리 이야기를 듣기나 해? 하여간 골치 아프게 됐어. 관리 사무소에서 그 집 사람한테 원상 복구 해 내라고 난리라네. 청소비는커녕 돈만 더 물어 주게 생겼어. 듣고 있어?

거기 아무 표시가 없어서 사람이 다칠 뻔했어요. 무슨 표시라도 해 둬야 하잖아요. 애들 노는 놀이터인데.

인선 씨가 그런 거야? 아이, 실수 안 하는 사람이 왜 그랬대? 인선 씨, 하여간 이건 인선 씨가 책임져야 해. 우리 업체 이미지도 있고. 그렇잖아.

미안한 일이었지만 다짜고짜 몰아붙이는 양 사장에게 서운한 마음이 들었고, 청소비를 주니 마니 하는 의뢰인의 태도가 말할 수 없이 야속했다. 처음 있는 일은 아니었다. 어떻게든 트집을 잡아 단 얼마라도 깎아 보려는 사람들은 어디에나 있었다. 돈을 주는 사람이 억지를 부리면 방법이 없었다.

그래서 돈을 못 주겠대요? 집을 그렇게 깨끗하게 해 놨는데도요?

일단은 잘 달래 봐야지. 젊은 사람 같던데. 괜히 인터넷에 글이라도 올리면 더 큰일이잖아. 아무튼 인선 씨도 그렇게 알고 있어. 내가 다시.

인선은 양 사장의 말을 끊고 물었다.

그럼 제가 가서 한번 이야기해 볼까요? 오늘 이사한다고 했죠, 그 집?

양 사장은 그럴 필요가 없다면서 처음엔 그냥 기다리라고 했다가 자신이 해결하겠다고 말을 바꿨다. 인선은 경옥의 연락처를 알려 달라고 했다. 어쨌든 사태의 경위를 직접 설명하고 싶었고, 오해를 살 만한 상황은 만들고 싶지 않았다. 뜸을 들이던 양 사장은 한참 만에 경옥의 연락처를 알려 주었다.

그래서 돈을 못 준대요?

전화로 짤막한 설명을 듣자마자 경옥은 대번에 그렇게 물었다.

일단은 사장님이 해결하겠다니까 기다려 봐야죠.

겨우 몇 분이 지났을 뿐이지만 서운함도 야속함도 잦아들고 인선은 잠자코 양 사장의 연락을 기다릴 생각이었다.

해결할 생각이 있었으면 전화하기 전에 해결했겠죠. 아, 열받아. 시멘트는 시멘트고 청소는 청소잖아요. 일을 시켰으면 돈을 줘야죠. 전 못 참아요. 진짜 못 참겠어요.

경옥은 가만히 있으면 안 된다고 말했고, 일이 어떻게 해결되는지 확인해야 한다고 말했고, 이도 저도 안 되면 그 집을 청소 이전의 상태로 돌려놓고 말겠다고 큰소리쳤다.

인선은 그럴 수 있으면 얼마나 좋겠냐고 대꾸했지만 경옥과 함께 진짜 그 집을 찾아가게 될 줄은 몰랐다. 언성을 높이지 않고, 악다구니를 쓰지도 않고 그토록 쉽게 돈을 받을 수 있을 거라고는 전혀 기대하지 않았다.

네? 누구시라고요?

11동 402호 남자는 황당하다는 얼굴로 두 사람을 맞았다. 쉴 새 없이 이삿짐이 올라오는 탓에 계속 주변을 기웃거리면서였다.

사장님한테 돈 못 준다고 하셨다면서요? 어제 저희 일곱 시 넘도록 청소했거든요. 진짜 안 해도 되는 데까지 다 하고 갔다고요. 저기 베란다 창문 녹슨 거하고, 블라인드. 저런 건 원래 닦아 주지도 않아요.

경옥이 목소리를 높이자 남자가 되물었다.

돈을 못 준다고 했다고요? 난 그런 말 한 적이 없는데요?

돈 못 주겠다고 했다면서요. 사장님한테 들었어요.

글쎄, 전 그런 말 한 적이 없다니까요. 시멘트 그거 어떻게 할 거냐고 물은 게 다라고요. 여기 청소하신 분이세요? 저한테는 사장님이 직접 청소한다고 하더니, 다른 사람을 보냈나 보죠?

인선은 무슨 말을 더 하려는 경옥을 만류하며 이렇게 답했다.

청소는 우리가 훨씬 더 잘해요. 그래서 우리가 왔던 거예요.

남자는 관리 사무소에 가서 문제를 해결하라고 했고, 문제가 해결되면 청소비를 주겠다고 약속했다. 청소 상태가 꽤 만족스러운 모양이었다. 두 사람은 관리 사무소로 가 신발 자국을 남긴 것에 대해 해명했다. 외부인, 무단 침입, 훼손 운운하며 대뜸 두 사람을 하대하던 관리 과장은 놀이터, 아이들, 안전, 맘 카페 등을 언급하는 경옥의 말을 끝까지 듣고 나서 서류 한 장을 내밀었다.

알았어요. 그만합시다. 여기 이름 적고 서명해요. 우리도 기록으로 남기긴 해야 하니까.

402호 남자는 더는 책임을 묻지 않겠다는 관리 사무소의 전화를 받은 뒤 양 사장에게 바로 돈을 보냈다. 양 사장이 수수료를 제하고 두 사람에게 일당을 지급하기까지는 시간이 조금 더 걸릴 거였다.

그게 끝이었다.

당시엔 예상하지 못했지만 인선과 양 사장의 관계도 그렇게 끝이 났다. 양 사장이 인선을 탓하거나 인선이 양 사장에게 항의했기 때문이 아니었다. 인선은 아무것도 묻지 않았고, 양 사장도 아무 말 하지 않았다. 그러니까 인선은 끝까지 아무런 말도 하지 않는 양 사장의 태도가 말할 수 없이 실망스러웠다. 아니, 모든 걸 당연한 줄 알고 성실하게 일해 왔던 스스로가 너무나 바보 같았다.

양 사장님, 그동안 덕분에 많이 배웠어요.

이후 몇 차례 양 사장의 호출이 있었지만 인선은 그렇게 대꾸하고 말았다. 뻔뻔하게 자신을 속여 온 사장에게 당하면서 배운 게 많긴 했으니까. 진심과 원망이 공평하게 담긴 말이었다.

인선은 청소업체 몇 군데에 새로 지원서를 넣고, 인터넷 구인 공고에 연락처를 남겼다. 연락은 오지 않았다. 이사 철이 지난 탓인지, 양 사장이 채팅방에서 비밀스러운 복수를 감행하고 있는 탓인지 알 수 없었으나 인선은 뭐든 오래 생각하지 않으려고 애썼다.

일이 들어온 건 3월 중순이 지나서였다.

오가는 데만 세 시간이 넘게 걸리는 데다 일당도 터무니없이 적었지만 인선은 하겠다고 했다. 이른 새벽, 인선은 경옥과 함께 출발했다. 거리는 고요했고 도심을 빠져나오자 풍경이라 할 만한 것들이 빠르게 멀어졌다. 나중엔 황량한 들판과 군데군데 선 창고 몇 개가 전부였다.

인선은 라디오를 켜고 채널을 이리저리 돌렸다.

아예 그냥 창업을 하시면 어때요? 아시죠? 청소업체 엄청 많은 거. 창업하는 데 돈이 많이 안 들어서 그렇대요. 이백 갖고 창업한 사람도 있다던데요? 어차피 기본적인 건 다 갖고 계시잖아요.

경옥은 휴대폰으로 창 너머 해가 떠오르는 모습을 찍다가 그렇게 말했다.

돈만 있다고 뭐 창업을 할 수 있나요.

아뇨. 창업하면 완전 대박 나실걸요? 그건 제가 장담해요. 백 프로!

백 프로씩이나?

실력이 있으니까요.

그런 게 가능할 리 없다고 생각하면서도 인선은 웃었다. 어떤 기분 좋은 상상들이 신기루처럼 잠깐 떠올랐다가 사라졌다.

경옥 씨는, 아니다. 소현 씨는 이 일 계속할 마음 있어요?

아뇨. 전 이 일 너무 싫어요. 당장이라도 그만두고 싶은데 또 모르죠. 하다 보면 잘 풀릴지도요. 근데 창업하시면 저 직원으로 써주시면 안 돼요? 저 진짜 잘할 수 있거든요.

라디오에서 경쾌한 팝송이 흘러나왔다. 그 멜로디가 마음속에 드리운 불안을 조금씩 걷어 내는 것 같았다.

그런데 왜 남의 이름을 알려 준 거예요? 소현이라는 이름이 훨씬 잘 어울리는데.

아, 그거요. 그날까지만 하고 진짜 그만둘 생각이었거든요. 근데 소현보다는 경옥이 청소를 훨씬 더 잘할 것 같지 않아요? 경옥. 임경옥. 뭔가 베테랑 같잖아요.

인선은 라디오 볼륨을 조금 낮추며 물었다.

이 일 하기 전엔 무슨 일 했어요?

저요? 편의점 알바도 하고, 베이커리에서 빵도 굽고, 커피도 만들고 그랬죠. 아, 우체국에서 사무 보조로 일한 적도 있고요.

그런데 왜 청소일을 하게 되었느냐고, 인선은 묻지 않았다. 그런 질문에 관해서라면 자신도 제대로 된 답을 갖고 있지 못했으니까. 이 일을 하게 되기까지의 과정은 자신조차 납득할 수 없는 공백으로 가득했으니까.

저도 궁금한 거 있는데 물어봐도 돼요?

인선이 고개를 끄덕이자 경옥은 도저히 엄두가 나지 않는 집을 청소할 땐 마음이 너무 불행해지지 않느냐고 물었다. 받는 돈은 똑같은데 몇 배나 더 일해야 하는 상황이 억울하지 않으냐는 거였다.

축복을 비는 마음으로 하는 거죠, 뭐.

인선이 답했고 경옥이 물었다.

축복요? 무슨 축복요?

깨끗하게 청소해 드리는 만큼 좋은 일 많이 생기시라고 빌어 주는 거죠.

경옥이 황당하다는 얼굴로 인선을 돌아보았다. 인선의 얼굴에 엷게 웃음이 떠오르는 걸 확인하고 난 뒤에야 경옥이 중얼거렸다.

에이, 설마. 진짜 아니죠?

왜 아니에요? 진짜지. 진짜예요.

진짜요? 진심으로요? 축복을요?

진짜라니. 축복을 비는 마음이라니. 인선은 대답 대신 소리 내어 웃었다. 때마침 경쾌한 팝송이 끝나고 다른 곡이 흘러나왔다. 나의 꿈, 나의 모든 것, 모진 바람 불어와서 내 꿈을 데려갔네,로 시작되는, 인선이 좋아하는 노래였다. 인선은 창을 내리고 라디오 볼륨을 더 높였다. 창틈으로 신선한 바람이 새어 들었다. 더는 한기가 느껴지지 않고, 이가 덜덜 떨리지도 않는, 정말 봄이라고 할 만한 공기였다.

작품 출처

- 백수린, 「고요한 사건」 『여름의 빌라』, 문학동네 2020
- 이유리, 「치즈 달과 비스코티」 『브로콜리 펀치』, 문학과지성사 2021
- 강석희, 「우따」 『우리는 우리의 최선을』, 창비교육 2021
- 김지연, 「굴 드라이브」 『마음에 없는 소리』, 문학동네 2022
- 천선란, 「그림자놀이」 『어떤 물질의 사랑』, 아작 2020
- 김사과, 「예술가와 그의 보헤미안 친구」 『호텔 창문』, 은행나무 2019
- 김혜진, 「축복을 비는 마음」 『창작과비평 196호』, 창비 2022 여름

함께 걷는 소설

초판 1쇄 발행 2023년 4월 28일
초판 3쇄 발행 2023년 11월 2일

지은이 • 백수린 이유리 강석희 김지연 천선란 김사과 김혜진
엮은이 • 이승희 김혜진 이누리 이혜옥 홍승조
펴낸이 • 김종곤
편집 • 김나은 이진
조판 • 이주니
펴낸곳 • (주)창비교육
등록 • 2014년 6월 20일 제2014-000183호
주소 • 04004 서울특별시 마포구 월드컵로12길 7
전화 • 1833-7247
팩스 • 영업 070-4838-4938 | 편집 02-6949-0953
홈페이지 • www.changbiedu.com
전자우편 • contents@changbi.com

ⓒ 백수린 이유리 강석희 김지연 천선란 김사과 김혜진 2023
ISBN   979-11-6570-213-7 43810